ARNALDO DEVIANNA

São Paulo, 2019
www.abajourbooks.com.br

A MINHA TURMA É DEMAIS

Copyright© Abajour Books 2019. Versão revisada e atualizada.
Todos os direitos para a língua portuguesa reservados pela editora.
A Abajour Books é um selo da DVS Editora Ltda.

Nenhuma parte dessa publicação poderá ser reproduzida, guardada pelo sistema "retrieval" ou transmitida de qualquer modo ou por qualquer outro meio, seja este eletrônico, mecânico, de fotocópia, de gravação, ou outros, sem prévia autorização, por escrito, da editora.

Capa: Danielle Felicetti Muquy
Diagramação: Schaffer Editorial

Dados Internacionais de Catalogação na Publicação (CIP)
(Câmara Brasileira do Livro, SP, Brasil)

```
Devianna, Arnaldo
    A minha turma é demais / Arnaldo Devianna. --
São Paulo : Abajour Books, 2018.

    ISBN 978-85-69250-16-6

    1. Ficção - Literatura juvenil I. Título.

18-14352                                    CDD-028.5
```

Índices para catálogo sistemático:

1. Ficção : Literatura juvenil   028.5

DEDICATÓRIA

Dedico este livro à Rosemary Aparecida de Freitas Batista (Pitangui/MG), o anjo sem asas que transformou a própria casa, onde mora com o marido e os filhos, em um abrigo para crianças, adolescentes e jovens em situação de risco social. O mundo necessita de muitas Roses... A fantástica história dessa guerreira serviu de inspiração para o enredo e para a personagem Mama Terê.

AGRADECIMENTOS

A

James McSill, meu consultor, mentor e agente literário.

McSill Literary *Agency* -UK

Editor Sérgio Mirshawka por acreditar na trilogia *A Minha Turma É...*

Leitores Betas:

Gabriel Menegazzo de Lima – 13 anos – Colégio Alpha.

Emanuelly Marinho de Almeida Xavier – 11 anos – Colégio Don Silvério.

Júlia Castro Fernandino – 13 anos – Colégio Impulso.

Thaissa Magalhães dos Santos – 11 anos – Colégio Caetano.

Lívia Kathleen Diniz Reis – 14 anos – Colégio Impulso.

Dulce Maria França Teodoro Gonçalves – 10 anos – CNEC.

Henrique Machado Tameirão – 12 anos – Colégio Anglo.

Maria Clara Borati de Figueiredo – 13 anos – Colégio Laís Farnetti.

Em especial,

A Lívia Katheen e Júlia Castro Fernandino por inspirarem as personagens homônimas.

A Deus.

Sumário

Capítulo 1 1
Capítulo 2 8
Capítulo 3 14
Capítulo 4 17
Capítulo 5 21
Capítulo 6 26
Capítulo 7 29
Capítulo 8 32
Capítulo 9 37
Capítulo 10 40
Capítulo 11 45
Capítulo 12 48
Capítulo 13 55
Capítulo 14 57
Capítulo 15 60
Capítulo 16 63
Capítulo 17 65
Capítulo 18 71
Capítulo 19 74
Capítulo 20 78
Capítulo 21 80

Capítulo 22 86

Capítulo 23 95

Capítulo 24 100

Capítulo 25 104

Capítulo 26 108

Capítulo 27 115

Capítulo 28 118

Capítulo 29 121

Capítulo 30 123

Capítulo 31 125

Capítulo 32 130

Capítulo 33 133

Capítulo 34 134

Capítulo 35 137

Capítulo 36 145

Capítulo 37 146

Capítulo 38 152

Capítulo 39 157

O fantástico livro de dicas de Mama Terê 160

Capítulo 1

Léo passou voando pelo portãozinho lateral dos professores, cruzou a rua, tapou o rosto, flexionou os joelhos e se escondeu entre os outros alunos que aguardavam o ônibus na calçada oposta. Como lutaria sozinho contra três? Seria suicídio na certa.

Conferiu o entorno. A rota de fuga mais curta para casa passava bem no meio da praça, em frente à escola. Para ter alguma chance, só se ficasse invisível. Abaixou-se um pouco.

O ar cheirava a diesel queimado. Mordeu a ponta do dedo, massageou a testa. Preferiu avançar pela mesma calçada, mas a dor no local do murro que tomara há pouco no pátio do recreio, ainda embaralhava as suas pernas. Não conseguiria fugir por muito tempo. Além do quê, a garganta ardia horrores. Também, nunca correra tão rápido na vida.

Elevou-se, avistou adiante o Bacalhau, o Sardinha e o Piranha. Os três perseguidores saíam também pelo portãozinho lateral. O intestino borbulhou.

Ônibus e carros desmanchavam a muralha de alunos atrás da qual se escondia. Os punhos tremiam fora de controle. Droga!

Os moleques caminhavam rápido, em ziguezague, na sua direção.

Abaixou-se de novo. O mundo a desmoronar e ninguém para pedir ajuda naquela cidade idiota onde morava há pouco tempo. A respiração tinha intervalos mais curtos. Se continuasse ali, em breve seria visto. Se saísse, pior. De estalo, entrou num casario antigo com jeito de escritório e grudou as costas úmidas de suor na parede interna, ao lado da entrada.

Nenhum sinal de vida naquela sala enorme.

★

Precisava sair dali tão logo a barra limpasse e antes que o dono desse conta da invasão. Ao mínimo descuido, cairia nas garras do inimigo. Três contra um. Sem chance de vitória.

Com cuidado, espiou pela janela. Ainda tinha muita gente na praça. Avistou os moleques perto do coreto. Piranha coçava a nuca, Bacalhau mascava chiclete e o narigudo Sardinha apoiava as mãos sobre o busto de bronze do Tiradentes. A droga: cada um vigiava numa direção.

Voltou a grudar as costas na parede. Pelo jeito, não iriam desistir tão cedo. Se desconfiassem do esconderijo? Bastaria atravessar a rua... Pensou em fechar a porta e a janela próximas, mas o que faria se elas rangessem ou se o movimento chamasse a atenção dos delinquentes ou do morador? Melhor não arriscar. Melhor não fazer nada. Mordeu os lábios.

A fôlego começou voltar ao normal. Aquele casario velho, com jeito de escritório do lado de fora, por dentro não lembrava nada o local onde a mãe trabalhava. A sala gigante cheirava a óleo de peroba. Num canto, havia diversas caixas de papelão. Cada caixa tinha uma etiqueta com um nome: Lívia, Bia, Edgar, Táta, Júlia, Big, Rafa. Os moradores estariam de mudança? Chegando ou saindo?

Um cachorrinho marrom, tamanho médio, e gordo dormia próximo às caixas. Devia ser surdo, pois nem se incomodou com o invasor. Ainda bem.

À frente, três sofás velhos. Ao fundo, um televisor antigo se equilibrava solitário numa estante metálica, cheia de manchas de ferrugem. No canto, um violão. Nas paredes, diversas fotos de crianças.

O ruído fora de ritmo – bem provável de alguém lavando panelas na pia da cozinha – fez Léo olhar na direção do corredor, no fundo da sala. Ali deviam morar muitas pessoas.

Nisso, por descuido, a mochila caiu e estrondou no piso de tábuas.

Travou os movimentos.

– Ed, é você? – Uma voz feminina, cavernosa, ecoou.

★

Droga! Os músculos do pescoço repuxaram. Pronto, em segundos, seria posto porta afora a vassouradas, como se fosse um ladrãozinho de frutas. Na rua, levaria socos e pontapés dos moleques. Flexionou os joelhos, deslizou as costas na parede até colar o traseiro no piso de tábuas. Os sofás o esconderiam caso a proprietária surgisse na sala.

Uma rajada de vento bateu a porta e a janela que quis fechar.

Grunhiu.

– Edgar? Táta? Big? Meninas? – A mesma voz esticou os fonemas finais das palavras. Barulho de passos. A sombra no teto do corredor indicava a movimentação de alguém.

"Não, não venha. Por favor. Daqui a pouco irei embora. Juro!" Cruzou os dedos e se encolheu mais. O lugar onde recebera a pancada ardeu. Pressionou as mãos entrelaçadas contra os lábios para segurar o gemido.

Capítulo 1

Daí, a sombra desapareceu do teto do corredor. E uma nova ventania trouxe o cheiro bom de macarronada ao molho. Aroma inconfundível. Ruído das panelas. A mulher não lavava a louça, preparava o jantar.

Fechou os olhos, abraçou os joelhos, a deliciar-se com o cheiro delicioso. A porta por onde entrou se abriu. Barulho de passos. Alguém começou a brincar com as cordas do violão, tal num filme de terror.

Abriu os olhos. Diversos adolescentes surgiram com expressões nada amigáveis.

– Qual é? Qual foi, carinha? – O garoto maior abriu os braços.

Léo prendeu o fôlego. O plano de sair sem ser percebido acabava de afundar no brejo. Com certeza, depois de lhe arrebentarem o nariz, seria expulso. A gangue do Piranha completaria o serviço macabro. Então, quebraria a promessa feita para a mãe de evitar a todo custo confusões na nova cidade. E como nada é tão ruim que não possa piorar, receberia o castigo dos castigos: voltaria para a capital, para a casa da avó maluca, da qual não gostava nadica de nada. "Saio pela porta lateral e tento fugir pelos fundos? E se o muro for alto? E se o cachorro acordar?"

De novo, deslizou as costas na parede até se levantar por completo, enquanto gesticulava a súplica de calma.

Seis contra um. Sem contar o cachorrinho marrom – o bicho acordara mal-humorado, rosnava e mostrava os dentes – e o garoto estranho seguia a bater nas cordas do violão de um jeito sinistro.

Cacilda!

★

Resolveu explicar o caso e pedir ajuda aos adolescentes. Não podia ser expulso. Se brigasse nos primeiros dias naquela cidade, a mãe lançaria a bomba atômica dos castigos: a casa da avó. Tome comida ruim, água de feijão cozido no lugar de *Toddy*, colheradas diárias de óleo de fígado de bacalhau... Puxa! Prendeu o fôlego. Se é que eles estariam dispostos a ouvi-lo!

Por sua vez, o grupo cerrou os punhos e fechou a cara.

– Fica de boa, carinha! Ou será pior! – O garoto maior, com uniforme da escola, apontou o dedo.

– Aqueles três imbecis não viram você entrar aqui. Deu sorte! – A menina loira falou baixinho. Depois de espiar a praça através da greta na janela, foi a primeira a relaxar o semblante de confronto.

– Como sacaram a minha fuga? – Soltou as palavras entaladas na garganta, bem devagar.

— Brô, eu vi quando tomou um baita murro do Piranha, depois fez a besteira de se esconder no corredor de cima do prédio da escola, pertinho do trio problema, decerto para ouvir a conversa, e foi descoberto. Daí, fugiu pelo portãozinho secundário. – O garoto maior cruzou os braços.

— Em seguida, invadiu a nossa casa! Enlouqueceu? Foi? – O menino de cabelos encaracolados falava e girava o dedo indicador em volta da orelha.

Léo mediu os oponentes.

— Explico! Não vi quem me golpeou. Escutava a conversa dos moleques para descobrir quem tinha me batido e por quê. Aí, o toque da droga do celular entregou meu esconderijo. Como *X9* que não corre, morre. Fugi. No fim, sem opção, me escondi aqui. Estou frito de qualquer jeito, né?

— Se o Piranha te viu, sim! Se não, a porcaria é a mesma. A escola está cheia de dedo duro. Informação é moeda de troca para evitar agressões e descolar favores daquela gangue. – O garoto maior falou de novo.

— Brô, você tá numa tremenda enrascada. – O gorducho fez cara feia.

— O que pretendem fazer comigo?

Os adolescentes se entreolharam.

— Depende! – A menina loira o mediu de cima a baixo.

Léo coçou o canto da testa.

— Depende do motivo de ser perseguido pela gangue mais perigosa da escola. – O maior falou com voz firme.

Desgrudou as costas da parede:

— Já disse! Não sei! O Piranha ia falar o motivo, a droga do telefone tocou... Então fugi.

— Inacreditável! O carinha não tem noção no que se meteu. – O gorducho massageou o rosto redondo.

Os adolescentes se entreolharam mais uma vez.

★

Respirou fundo. Diante da enrascada com o Piranha, ganhar a simpatia deles poderia ser de grande ajuda. Para alcançar isso, decidiu mudar o foco da conversa.

— Vocês moram aqui?

— Sim e não. – A menina baixinha e morena cochichou.

— Moram ou não moram?

— Bom! Até a grande zebra, moramos! Depois, iremos para debaixo do viaduto. – A garota loira de olhos azuis parecia querer chorar.

— Grande zebra?

Capítulo 1

— Culpa do maior hiper mega ultra problema de todos! — A menina loira entrelaçou os dedos sobre o peito.

— Caramba! — Léo coçou o queixo. — E qual seria o maior...

— Precisamos nos mudar até o dia 21 e não temos para onde ir! — A garota baixinha apontou as caixas de papelão no canto da sala.

— Isso é daqui a sete dias! — Léo mordeu a ponta do dedão.

— Xiiiii! Fale baixo! Se a Mama descobrir você aqui, o expulsa. Aí, a gangue do Piranha te pega. — A menina morena, olhos de jabuticaba, assoprou a bronca.

— Seu Romário, o Sapo Gordo, comprou este casario e vai derrubá-lo para construir um hotel de luxo! — O menino gordo acrescentou.

— E seus pais?

— Se liga! Somos órfãos. Aqui funciona o abrigo da Mama Terê! — O garoto maior, com jeito de líder, apontou o piso. Tinha cabelos curtos, pequenas cicatrizes nos braços, rosto fino e orelhas de abano.

O menino de cabelos loiros encaracolados cruzou os braços, mudou as feições e encarou os demais.

— Abrigo? — Léo reparou de novo a sala. Agora, as fotos de crianças esparramadas pelas paredes e os três sofás faziam sentido.

O garoto do violão correu pela sala e sumiu por uma porta lateral.

— Passou dos cinco anos, adoção é loteria. Se você tiver quatorze, esqueça... E para piorar, ficaremos sem casa. — O garoto maior baixou a cabeça e deu um murro na própria coxa.

A menina loira agarrou os cabelos e completou:

— A situação é desesperadora!

— Então, podemos dar as mãos! — Léo grunhiu.

O menino loiro cruzou os braços e elevou o tom:

— Ei! Esperem! Qual o problema de vocês? Contar a nossa tragédia para esse invasor? Melhor colocar ele para correr e ponto!

— Que gritaria é essa aí na sala? — A mesma voz de mulher de minutos atrás ecoou no fundo da sala.

Todos se abaixaram.

Léo sentou nos calcanhares enquanto vigiava o movimento da sombra no teto do corredor. Deduziu que a dona da voz espiava a sala.

★

Meneou o pescoço. Não podia ser expulso antes de a barra limpar lá fora e, muito menos, sem conseguir a simpatia daqueles adolescentes.

Barulho de passos. Só faltava a dona da casa o descobrir...

— Não é nada não, Mama! — A menina loira providenciou a desculpa.

A sombra ameaçadora no teto desapareceu. Então, tentou atrair para si, de uma vez por todas, a simpatia deles:

— Na minha última cidade, uma aluna colocou fogo na biblioteca da escola sem querer. Pediu minha ajuda. Não foi fácil, não mesmo, mas consegui reconstruir o prédio com uma super ideia. Se não fosse por mim, a coitada teria sido expulsa e obrigada a pagar uma montanha de dinheiro.

Os adolescentes se olharam de um jeito estranho.

— Tá de brincadeira, né? — O gorducho cochichou.

— Como? Qual foi a ideia? — A menina loira abanou o queixo.

O garoto de cabelos encaracolados cruzou os braços de novo, mas o semblante parecia de curiosidade.

— Fizemos uma gincana e um concurso de rainha da pipoca. E ainda consegui unir os alunos com o lema "juntos, podemos mais".

— Rainha da pipoca? — O garoto loiro coçou a têmpora.

— Gincana? — A menina mais baixa levantou as sobrancelhas.

— Enfrentei o diretor casca grossa e a professora maluca de matemática. Fui perseguido pela polícia, pelo monitor da escola, fiquei preso numa masmorra e caí dentro da caixa d'água. Quase morri afogado. Maior confusão! Daria para escrever um livro, fazer um filme, uma peça de teatro ou a série de TV, do tipo *Todo mundo odeia o Léo*. Sacaram?

— Véio! Véio! — O gorducho dançava.

— Diretor casca grossa? — O menino maior retrucou. — Espere até conhecer a nossa diretora, a Dona Marilene, o ser humano mais desumano da humanidade.

Risos.

— Você deve ser inteligente pra caramba! — O gorducho esfregou as mãos.

— Legal demais! — A menina baixinha sapateou.

— Arrebentou a boca do balão! — Os olhos azuis da garota loira brilharam.

Sorriu. Pelo jeito, a manobra para ganhar a simpatia deu certo. Assim, evitaria a expulsão.

A turma cochichou entre si.

De repente, o menino de cabelos encaracolados saiu da roda e vociferou:

— Que tal uma troca, forasteiro?

— Tro-tro-ca? — Gaguejou.

— Isso! Pescamos os três peixões covardes e você nos ajuda a salvar o casario, tal fez com a biblioteca da sua outra escola! — A loirinha o olhou com jeito de desafio.

Capítulo 1

— Sem a gente, o Piranha vai te devorar inteiro! — O gorducho cruzou os braços.

Léo mordeu o punho. Foi burrice contar como resolveu o caso da biblioteca incendiada para órfãos prestes a ficar sem teto. Pressionou as bochechas com os dedos. Três meninos e três meninas. Com ele, sete. Ou seja, sete contra três. Não conhecia mais ninguém naquela cidade para socorrê-lo. Do lado de fora, o Piranha, o Sardinha e o Bacalhau o aguardavam. O confronto poderia acontecer naquele dia ou nos próximos. Já o problema daqueles órfãos, monstruoso. E se nunca tivesse ideias para trocar pela proteção oferecida? Aí, seriam nove contra um. Desastre à vista! Envolver-se noutra aventura perigosa deixaria a mãe histérica e detonaria a bomba atômica dos castigos. Aceitava a proposta ou não? Por fim, encarou o garoto maior como se dissesse: *posso pensar?*

A loira se levantou, espiou a praça pela greta na janela, depois gesticulou joia.

Todos se levantaram.

Capítulo 2

Léo andava a passos largos. Ante o acontecido, chegar em casa rápido e inteiro seria muito bom. Atrasos viravam broncas. Se aparecesse de olho roxo, voltaria direto para a capital. Argh! Lembrou-se dos terríveis sucos de couve, da comida intragável, do café ralo ou amargo demais. Correu as mãos pelo rosto.

A mãe ficara traumatizada ao vê-lo em apuros no caso da biblioteca na escola anterior e ainda tinha de lidar com a questão delicada e misteriosa do marido. Trabalhava em Portugal e parara de mandar notícias há um bom tempo. Ser adulto não devia ser fácil.

A parte boa de voltar para a casa da avó: ficaria livre do Piranha. Aliás, boa nada. Pularia da frigideira para o fogo. Como fora cair naquela sinuca?

Espiou a garotada, enquanto atravessavam a praça defronte à escola.

– Gente, foi legal da parte de vocês me fazerem companhia até o conjunto habitacional. Não precisava.

– Tá louco! Deixe de onda. E se a gangue do Piranha aparecer de novo? Ajudar o próximo é a dica de número três do fantástico livro de dicas de Mama Terê. – A menina loira vibrou as mãozinhas.

– Daí, você pensa numa forma de nos ajudar também! Senão, adeusinho... – A morena foi ríspida.

Acelerou as passadas. Às vezes, andava de costas.

– Pra quê essa pressa? – A menorzinha corria para acompanhar o grupo.

– Preciso chegar em casa rápido e inteiro, do contrário, a minha mãe acabará comigo! – Nisso, reparou os garotos do conjunto onde morava jogando futebol no largo da catedral. Tinha vontade de participar da brincadeira, mas não deixavam por ser forasteiro e perna-de-pau.

– Uau! Deve ser legal ter uma mãe para acabar com a gente. – A garota menor comentou.

Murchou os ombros.

– Aliás, como você se chama, brô? – O garoto maior o salvou da saia justa.

– Léo! O meu nome vem de leão. – Tentou imitar o rei da selva.

Capítulo 2

— Carinha, sou o Edgar, mas a maioria me conhece por Ed. — Apontou os demais. — O baixinho atrevido e de cabelos encaracolados é o Táta. As meninas morenas, da maior para a menor, são a Bia e a Júlia. A loirinha de olhos azuis é a Lívia. O gordinho é o Bigben. O Rafa ficou na casa e não é muito de falar. O pulguento dorminhoco é o Valente.

O cachorro latiu.

Léo acenou para cada um conforme eram apresentados.

Os novos amigos caminhavam em duas filas. Pelo jeito, protegiam-se com certa organização: Bigben vigiava a retaguarda, Táta não descuidava das laterais e Edgar, a dianteira.

— Tá bom! Agora nos conte a verdade. Qual foi a bronca do Piranha? — Júlia jogou a pergunta.

— Já disse! Não faço ideia!

— Como assim? — Bia o segurou pela camiseta e forçou a parada. Ela tinha cabelos compridos e escuros, pele morena, magra.

— Apanhei de graça. Juro! — Conferiu o relógio da igreja ao longe. — Vamos, por favor, estou atrasado!

A turma o cercou.

— Quem sabe, sem querer, riu da boquinha de forno micro-ondas aberto do Piranha. — Táta apontou as próprias arcadas dentárias.

— Nada disso! Eis o mistério! — Conseguiu furar o bloqueio tal brincasse de pega-pega.

Bigben riu.

— Talvez foi por causa de alguma menina da escola? — Júlia lhe cutucou o ombro.

A turma assumiu a formação em duas filas.

— Não mexi com nenhuma garota. Juro!

— Aí ferrou. — O grandão abriu os braços e os deixou cair.

— De diferente, só o esbarrão de uma garota loira no início da aula. O acidente esparramou o material dela. Enquanto tentava juntar os lápis e as canetas coloridas, a menina se desculpava e sorria. Cheguei a me perguntar se ela não estava me paquerando.

— Como é essa garota? — Júlia perguntou sem virar o rosto.

Lívia chutou uma lata vazia de refrigerante.

— Tem olhos azuis como nunca vi antes. E os dentes tão brancos e certinhos! Parece artista de TV. Ela tá a mil graus!

— Be-re-ni-ce! — Edgar soltou os fonemas aos poucos.

Os meninos se alvoroçaram. As meninas cruzaram os braços, fizeram beicinho.

Coçou a orelha sem entender o que teria aquele nome de tão grave.

*

Achou perigoso parar justo numa rua sem esconderijos. O Bacalhau, o Piranha e o Sardinha poderiam aparecer e a mãe ficaria ainda mais irritada com a demora. Contudo, também era importante entender o caso da Berenice. Pelo jeito, se não satisfizesse a curiosidade, ninguém voltaria à caminhada.

— Vocês a conhecem? — Tentou romper a barreira circular com a mesma manobra anterior, mas os novos amigos foram mais espertos e não lhe deram passagem.

— A escola inteira conhece a Be-re-ni-ce! — Lívia esperneou. — Raios!

— Mistério solucionado. Não apanhou de graça. Ela foi o motivo! — Júlia fechou a cara. Eis uma baixinha simpática.

— O que tem a ver uma coisa com a outra? — Léo repicou os dedos na testa.

— Brô! Uma coisa é uma coisa. Outra coisa é outra coisa. O grande lance é como a gente enxerga a porcaria da coisa. Entendeu? — O garoto loiro era engraçado.

As meninas morenas zombaram o irmão:

— Cale essa boca!

— Pessoal, ela só esbarrou em mim!

— Com certeza, ela fez isso para testar o seu charme. Garota ordinária. — Lívia seguia de cara feia.

— Continuo sem entender.

— Carinha, ela é a menina dos sonhos de todos os garotos da escola! — Edgar riu.

— Ou seja, a cretina se acha a última bolacha do pacote! — A face de Lívia tremia.

— Menos eu. Menina sem graça! — Bigben falou grosso.

— Claro! Olha o seu tamanho. — Bia virou para o irmão — Vocês dois dariam um casal super estranho: o elefante e a formiguinha...

— Pare! Sou irresistível por ser fofo e fofo por ser tão irresistível! — O grandalhão arriscou passos desajeitados de dança.

Risos.

— Verdade seja dita, a maioria das meninas morre de inveja dela! Isso, sim! — Táta esfregou a mão espalmada num dos cotovelos.

As meninas fizeram caretas.

Enfim, Léo furou a muralha humana.

O grupo corria atrás dele.

— E aí? Você se interessou por ela também? — Júlia quase gritou.

— O Piranha namora a Berenice? — Jogou a pergunta na direção de Júlia e Lívia.

— Não! Quem seria tão louca? O dentuço consegue ser um babaca com arte. — Lívia fez cara de nojo.

— Qual o problema dele comigo, então?

— Deve tá louco por ela, igual a você! Como é feio, quer parecer o maior peixe do aquário. — Bia retorceu o nariz.

— O *big* problema: o Piranha só vai sossegar depois de te humilhar na frente da escola inteira. Vai querer se mostrar para a Be-re-ni-ce — Bia arrastou os fonemas da última palavra.

— Igual fizeram com o Tiradentes! — Táta fez mímica de enforcamento.

Lívia o reparou de rabo de olho:

— A grande questão: vale a pena apanhar por causa dela?

Travou o passo. Apalpou o ponto de encontro das sobrancelhas. O caso envolvia também o desaforo do Piranha. Para não se dobrar à vontade daquele imbecil, dependeria da ajuda daqueles adolescentes. Ou seja, precisava arrumar um jeito de resolver o maior hiper mega ultra problema de todos sem a mãe saber. Como faria essa mágica? Cerrou o punho. Melhor voltar a andar e deixar para se preocupar outra hora.

Daí, percebeu o detalhe: Lívia se parecia com a Berenice. Aliás, talvez fosse tão linda quanto a menina do sonho dos garotos da escola. Qual o motivo de ela não ter pais? De morar num abrigo? Sentiu um frio no estômago.

*

Não queria se envolver no maior hiper mega ultra problema de todos. Depois da presepada ocorrida na escola anterior, se a mãe soubesse que estava metido em outra coisa parecida: *Boom!*

As lembranças ruins o fizeram andar mais rápido. Uma vozinha interna o alertava sobre o risco de se envolver na maior confusão de todas. Precisava dizer não e ponto final. Aí, se lembrou da maldita troca de favores, do Piranha, da casa da avó. De novo, a sinuca. Virou para a turma:

— Como surgiu esse problema cabuloso?

— Nem sei por onde começar! — Lívia andava ao lado dele.

Sugeriu que tentasse pelo início.

Edgar tomou a palavra:

— Seguinte: há muitos anos, a velha Gertrudes emprestou o casario para Mama Terê. Após a doninha morrer, os filhos venderam o lugar para o Seu Romário. Agora, o cretino quer a gente no olho da rua!

— O sujeito é um monstro em forma de sapo! — Táta pulou pela calçada a imitar o bicho.

— O grande Sapo Gordo! — Júlia exclamou numa voz cavernosa.

Murmúrios e risinhos tímidos pipocaram.

— Caminhem mais rápido? — Léo abanou os braços.

— Calma! Desse jeito nos classificaremos para as olímpiadas! — Júlia retrucou.

Coçou a sobrancelha. O prédio do conjunto se agigantava no final da rua.

— E o apelido dele não é por acaso: o rosto cheio de buraquinhos, careca, bochechas caídas. Se não bastasse, ainda baba. — Júlia fez cara de nojo.

— O bigode do infeliz lembra asas de andorinha. — O garoto loiro ilustrou o absurdo com as mãos.

Risinhos.

— Então, o inimigo é feio pra caramba! — Léo balançou o queixo igual lagartixa.

— Feio é muita bondade sua! — Bia ajuntou — Ele é horroroso!

— Eis o causador da grande zebra. Se não fizermos nada, o casario irá ao chão no dia 21. A cada hora perdida, a nossa agonia aumenta. — Lívia retorceu os lábios.

— Caraca! Mas... ele pode fazer isso?

— Sim! Sim! A coisa é uma tragédia anunciada. Após os primeiros dias da notícia, a Mama só sabia chorar. Ou seja, não conseguiu mudar o nosso destino. — Júlia comentou.

— E a prefeitura?

— Já sabem do nosso caso. Porém, ainda não se manifestaram. E a gente nem espera ajuda de lá, pois nunca nos ajudaram. A Mama banca o abrigo na cara e na coragem. A população faz doações de roupas, material escolar, comida. Assim, empurramos a vida... — A menina loira deu um nó nos cabelos ao fim da fala.

— Nos feriados, famílias nos buscam pra passear. É como num sonho. A nossa realidade não muda... — Táta socou o vento.

— Alugar algo grande assim é muito caro. Comprar? Piorou. É o fim de nossa família. Isso é o que mais dói. Sacou? — Edgar falou num tom adulto.

– Como não pensaram em nenhuma saída? – Fitou cada rosto.

– Para quê? Nada dá certo na vida de órfão! – Edgar murmurou.

– Larga de ser pessimista! A gente já tá no fundo do poço. – Júlia ralhou.

– Foi muito rápido. Essa tragédia caiu como um raio. Acho que ninguém raciocinou direito. Por isso, meu sexto sentido confia na ajuda de alguém de fora. – Lívia exibiu um semblante de cachorro sem dono.

– Puxa! Crianças só deviam sentir apertos ao ganhar abraços. – Léo mordeu a ponta do dedo. O caso da biblioteca era fichinha ante o maior hiper mega ultra problema de todos. Cruzou os braços acima da cabeça.

Boa parte da turma seguiu a murmurar palavras incompreensíveis.

Capítulo 3

Léo sentiu a cabeça doer. O problema do abrigo era grande demais. Um embate com o Piranha aconteceria cedo ou tarde e, sozinho, não podia enfrentá-lo. Queria, pelo menos, ter um pouco de esperança. A mãe já tinha tantas preocupações... Baixou a cabeça.

– Quando ajudamos o próximo, o céu se abre! Isso tá no livro de dicas da Mama Terê. Ela sempre acerta. – A voz de Lívia soou suave. – Ajude a gente, deseje algo e o céu se abrirá para você. Espero a mesma graça para nós também.

Alguém grunhiu em apoio.

Passou os olhos na turma.

– Pois é, carinha! Imagine cair de paraquedas num desses orfanatões. No abrigo, pelo menos, a Mama Terê nos trata como filhos. – Edgar completou.

– O que mais deseja? – Lívia metralhou a pergunta.

Queria meu pai de volta. Léo pensou e não falou.

A menina loira sorriu amarelo diante do silêncio.

– A grande zebra é gigantesca! – Léo esfregou as mãos suadas – Não dá pra negociar com o Sapo Gordo?

– Sem chance. Ele já morou no abrigo. Foi expulso. Não sei a história direito. Agora quer vingança. Por isso a fixação em derrubar o casario. Como conversar com alguém vingativo? – Lívia franziu a testa.

– O sujeito faria tamanha maldade? Depois de tantos anos? Coisa estranha. Difícil de acreditar. – Mordeu a ponta do dedão.

– Pois pode crer nessa droga! – Bia confirmou.

– A nossa esperança: talvez você consiga pensar fora da caixa. – Lívia juntou as mãos.

– Juntos, podemos muito mais! – Júlia e Bia disseram quase em coro.

Valente latiu várias vezes.

– Ai! Confesso. Não sei como ajudá-los. Tem mais: se me enrolar noutra situação de perigo, voltarei direto para a casa da minha avó maluca. A promessa do castigo foi feita quando pisei nessa cidade. Prefiro a morte a voltar pra lá. – Os ombros caíram.

Capítulo 3

Bigben anunciou entredentes:

— Pessoal! Inimigos à vista! Posição: 7 horas!

Léo reparou em volta e não viu nada. Cadê os inimigos?

A turma se abaixou atrás de um carro estacionado.

Bia o puxou pelo braço:

— Preste atenção! Veja com os próprios olhos que somos capazes de manter a nossa parte no acordo.

Após espiar o entorno, Edgar assoprou a ordem:

— Formação de patrulha!

Imediatamente, Big, Lívia, Júlia e Bia curvaram os troncos, cerraram os punhos e, em fila indiana, rente aos carros estacionados, avançaram rumo do Conjunto Habitacional. Valente seguia no colo de uma das meninas. Léo foi acomodado no meio do comboio.

— Depois disso, se você não nos ajudar, seja feliz na casa da vovozinha. — Bia sussurrou a praga.

Léo engoliu saliva.

A turma se escondeu de novo atrás de um furgão branco quando surgiram as silhuetas dos três moleques, dois quarteirões acima. O general Edgar observava a movimentação do inimigo através dos vidros do veículo

Caraca. As mãos gelaram. Chegaria vivo em casa?

A situação se complicava: o Bacalhau, o Sardinha e o Piranha vinham pela calçada, a jogar os ombros.

Nisso, o alarme da van disparou. E não havia outro esconderijo tão bom nas redondezas.

Cacilda! Não posso me envolver numa briga tão perto de casa. Fico ou fujo? A vista embaralhou. Como impediria tamanha tragédia?

Edgar cochichou:

— Seguinte, pessoal: o Leonardo será a isca. Ao meu sinal, ele correrá pela calçada. Big e Táta atacarão o inimigo de frente. As meninas, pela retaguarda. Eu cuidarei do apoio tático. Então, com a manobra em curso, o Léo volta pra ajudar. Assim, fecharemos a emboscada. Copiado? Positivo e operante?

Os adolescentes balançaram as cabeças. Valente abanou a cauda. Não latiu, pois uma das meninas lhe segurava o focinho.

Daí, o comandante ordenou entredentes:

— Formação de batalha!

A turma cerrou os punhos.

— Ei, esperem! — Passeou os olhos nos amigos. Ninguém lhe deu atenção.

— Ao meu comando... — Edgar espiava através do vidro traseiro da van.

— Isso é sério? — Cochichou a pergunta.

— A menos que não deseje a vitória na guerra! — Lívia mostrou o punho delicado. Ficava mais linda a cada instante.

Droga. Coçou as sobrancelhas. Com o estardalhaço do alarme, o plano de ataque perdia o trunfo da surpresa.

— Gente! Desse jeito, voltarei para a casa minha avó, aí não poderei ajudar vocês. Melhor evitar o confronto. Entendam isso!

Os adolescentes se entreolharam.

— Ok, cara! Então arranje outra solução. A batalha começará em segundos! — Edgar franziu o queixo.

Procurou um novo esconderijo. Não havia. Os demais carros, longe demais. Se corresse, seria visto. Se ficasse, também. Droga. Agarrou os cabelos com força. Ia falar algo, mas Bigben o interrompeu:

— Somos sete contra três, Brô! A vitória é certa!

Edgar mostrou o relógio de pulso.

O garoto loiro rosnou:

— Já estão quase em cima da gente! Se não formos agora, a coisa pode se complicar.

Léo virou o centro das atenções. Espiou pelo vidro traseiro do furgão. A gangue do Piranha cada vez mais próxima. Deveria fugir e deixar os novos amigos lutarem sozinhos? Como ficaria a troca depois? A barriga doeu de novo. Por puro instinto, esticou o braço e forçou a maçaneta traseira do veículo. A porta abriu. Entrou, os demais fizeram o mesmo. Travou a fechadura com cuidado. Flexionou os joelhos, espiou através do vidro. Os inimigos passaram direto. Ufa! Salvos pelo gongo.

Nisso, o alarme foi desativado.

Pior, o motorista entrou, ligou o motor e engrenou uma marcha.

Capítulo 4

Instantes depois, na calçada da rua.

— Chega de surpresas por hoje! — Léo colou as costas no muro, tal qual os novos amigos faziam para não serem vistos pela maldita gangue. O pesadelo, por hora, dava uma trégua. Se a mãe sonhasse com mínima parte daquela confusão... Ai, ai. Quem seria louco de contar. Ele, jamais.

— Você pensa rápido, hein! — Lívia fez festa.

— Nada! Foi sorte mesmo. — Conferiu a rua. Os moleques iam longe.

— Brô, imagine se a gente não conseguisse abrir a porta para sair. Sabe Deus aonde iríamos parar. — Edgar expirou.

— Seriam as trevas! — Táta cochichou.

— Pior! Perderia o sagrado horário do jantar e ainda levaríamos a maior bronca. — O grandalhão acariciou a barriga.

Edgar espiou a rua, virou para Léo e exibiu o semblante *nada vai dar certo mesmo,* antes de sussurrar:

— Carinha, como é sua mãe?

Respondeu à pergunta sem pensar:

— Alta, magra, cabelos castanho-claros!

— Ela costuma andar em círculos a morder os punhos? — O garoto elevou uma das sobrancelhas.

Léo arriou os ombros.

— Não seria ela lá na frente? — O garoto anotava algo num pedaço de papel sujo, catado no chão.

Curvou o tronco, andou três passos, se protegeu atrás do poste de iluminação pública, mirou a portaria do conjunto. Cacilda! Eis a Dona Ângela em pessoa ao vivo e a cores. E parecia louca da vida. Apalpou o celular sem carga no bolso do *jeans*. Devia ter ligado um monte de vezes. Droga. Retornou de ré, colou as costas no muro e buscou sugestões nos rostos dos amigos.

— Vai ser feliz, Brô! Mete o pé na estrada! — Táta remexeu as linhas do rosto.

Os demais murmuraram conselhos parecidos.

Lívia prendeu os cabelos atrás das orelhas.

– Serei morto! Pois estou atrasado pra caramba. Difícil ter mãe no pé, viu! – Pensava nas palavras para agradecer o apoio deles, quando deu-se conta da grande bobagem dita. Ali, todos queriam fazer parte de uma família.

Júlia o empurrou como se dissesse: *ande logo*.

Reparou de novo na direção do conjunto e voltou para o muro.

Edgar o encarou enquanto depositava um pedaço de papel no bolso da sua calça *jeans*. Número de telefone? Endereço de *e-mail*? Então, percebeu certa tensão nos movimentos do comandante. Mirou o objetivo. Pressionou a ponta dos dedos contra a testa. Além da mãe, ao longe, ressurgiram o Bacalhau, o Piranha e o Sardinha. Os três vinham pela calçada contrária.

Olhou em pânico para Edgar, que ordenou:

–Vá na fé! Daremos cobertura.

Estudou o cenário. A leoa mãe, descabelada, continuava a andar em círculos. Piscou com força. Deveria retornar para o casario com os novos amigos? Mas, aí, deixaria a mãe ainda mais nervosa... Piscou outra vez. Agarrou as alças da mochila, despediu de todos com um aceno e partiu, na direção do inesperado.

No meio do caminho, virou. A turma, agachada, observava seus movimentos detrás de um carro.

★

Então, correu pela calçada com o tronco curvado. Os carros estacionados lhe serviam de cortina. Com sorte, continuaria invisível até alcançar a mãe. Bater de frente com os moleques, àquela altura, seria passagem só de ida para a capital. Deus me livre!

Num certo ponto, parou, protegeu-se atrás de um poste. O Bacalhau e o Sardinha cada vez mais próximos. A mãe vinha na direção dele. Droga! Cadê o Piranha? Conferiu o entorno. Nem sinal do dentuço.

Nisso, os dois moleques atravessaram a rua. O Sardinha estava prestes a fechar a saída entre os carros. O Bacalhau deu a volta e ia fechar o caminho de retorno.

Voltou a atenção para o local de onde viera. Ao longe, a turma do abrigo gritava com os lábios:

– Corre! Corre!

Correr? Talvez não tivessem a real visão do todo.

Dona Ângela vinha apressada pela rua, do outro lado. Uma sombra surgiu sobre ele. Virou. A face do Piranha tremia...

Capítulo 4

Sem rota de fuga, avistou Bigben à frente da formação de patrulha. Pronto. A temida batalha aconteceria no pior cenário, bem debaixo do nariz da leoa mãe. Nem nos piores pesadelos ocorreria tamanha tragédia.

Travou o maxilar ao dar-se conta de certo detalhe inimaginável para os moleques. Então, usou a surpresa como arma:

— Mãe! Mãe!

A leoa esculpiu o rosto para a ira e veio na sua direção. Daí, ele passou pelo Sardinha como se não existisse e, antes que a fera reagisse, abraçou-a no meio da rua. Arrematou o gesto com muitos beijos. De rabo de olho, mirou os moleques: Bacalhau e Sardinha o encaravam. Piranha chutou o muro. Tal dançasse uma valsa, no meio do giro, avistou os amigos semiescondidos atrás de um carro. No giro seguinte, para alívio geral, os três cretinos seguiam adiante. Como previu, não arriscaram lutar contra a matriarca da alcateia. Assim, assistiu os novos amigos voltarem para o cheiroso jantar da Mama. Restava encarar seus fantasmas. E se a leoa pedisse explicação pelo atraso? Mentia ou contava a verdade? Talvez meia verdade resolvesse o problema.

Como previsto, a felina mostrou as garras e rugiu.

★

A barriga revirou no ritmo das batidas do pé direito da mãe contra o asfalto. Percebera o nervosismo dele? Ou o excesso de carinho? Caramba! Tarefa difícil mentir para ela. Se desse errado a coisa da meia verdade, sobraria a opção de *arrumar as malas...*

De mãos à cintura, dona Ângela fazia o tipo de histérica:

— Onde o senhor esteve até agora com o celular fora de área?

Léo estremeceu. O conteúdo da resposta determinaria o tamanho do castigo. Resolveu correr o risco e contar metade da aventura.

Ela ora franzia o nariz, ora remexia as pernas. Por fim, levantou o queixo e falou firme:

— Mocinho, se estiver metido em confusão, já sabe. Essa é toda a verdade mesmo?

Abanou a cabeça concorde.

— Ok! E o meu valente filhinho decidiu o quê?

— Achei melhor não fazer nada. Já me basta a encrenca da biblioteca, onde quase morri afogado. Sem essa de me envolver em outra... — Baixou as vistas.

Ângela passeou os dedos nos lábios. Quando fazia aquilo, tramava algo, nem sempre agradável.

— É muito ruim não ter seu pai por perto, imagine não ter mãe, não ter casa, não ter nada? É de cortar o coração. — Pausa. — Ajude-os com uma ideia. Só isso! Senão... — Correu o dedo indicador no próprio pescoço.

Puxa! Difícil entender os adultos... Talvez a reação estranha fosse por causa da misteriosa falta de contato do pai, que trabalhava em Portugal. Conferiu o entorno. Nem sinal dos amigos órfãos. A gangue do Piranha desapareceu também. Tentou pensar numa maneira para salvar o abrigo... Branco total.

E se não tivesse nenhuma porcaria de ideia, como enfrentaria o Piranha na próxima vez? O apoio da turma era questão de vida ou morte. Então, apalpou o bolso do *jeans* e encontrou o tal papelzinho do Edgar. A sensação não foi boa.

★

Avistou a bola de futebol presa na calha de zinco no alto da torre da igreja, acima do sino de bronze que Frei Francisco repicava todos os dias chamando os fiéis para a missa. Bastava apanhá-la e descer. Tamanha coragem, com certeza, o faria cair na graça da turma da pelada do conjunto habitacional. Ninguém merecia continuar gandula pelo resto da vida.

Todas as tardes, o largo da catedral se transformava num campo de futebol, onde a pelota rolava solta. Léo babava de vontade de participar. Ali, todos se divertiam, menos ele. Todos jogavam, menos ele. Todos vibravam diante de um lance espetacular, menos ele. O conceito inicial de forasteiro evoluiu para *perna-de-pau*. Assim, era sempre o último a ser escolhido ao se dividirem as atenções naquela cidade.

Terminou de escalar a torre e se divertia com a cópia da bola oficial da seleção brasileira. Lá de cima, esperava ver a galera boquiaberta com o feito heroico. Porém, não foi bem assim, o largo deserto, o vento rugia forte, nuvens negras passavam apressadas, cada vez mais baixas, recheadas de trovões e relâmpagos.

O tempo enlouquecera. O céu havia se enfurecido com seu pecado? Subira na torre sem pedir a ninguém. Enganara o frei ao passar pela sacristia na ponta dos pés até atingir os fundos da nave, sob o elevado do coral. Enganara também a mãe com a desculpa de estudar na casa de amigos. Então, sofria o terrível corretivo divino.

Para piorar, a gangue do Piranha surgiu no meio da esquina, socava os punhos e ameaçava:

— Já foi! Agora você não nos escapa!

As lágrimas se misturaram aos primeiros pingos gelados de chuva. Os dedos tentavam se agarrar às telhas molhadas. O ruído do vento parecia suplicar: "Raios! Venham! Venham!"

Assim, se descesse, apanharia; se ficasse... Agarrou-se às telhas com mais força, mas o corpo continuou a escorregar em câmara lenta...

Capítulo 5

A seis dias da demolição.

Tarde seguinte, na praça, vinte minutos antes do começo das aulas do turno vespertino, para relaxar, resolveu conversar com Ed. Do contrário, o pesadelo que tivera com a torre e a imagem do Piranha chutando o muro o deixariam maluco.

– E aí, carinha? – O garoto o cumprimentou sem se levantar do banco de concreto. Vestia o uniforme escolar e prendia a mochila entre as canelas, às vezes jogava petiscos aos pombos.

– Tô mais ou menos. – Sentou-se na ponta do banco.

– Você tá péssimo! Atropelaram você? Qual foi o castigo? Ela o proibiu de dormir? Foi? – Tapou a boca por um segundo – Loucura!

Uma senhora com cara de papelão molhado se sentou pertinho. Acomodou um livro grosso, de capa escura, no colo. Ela devia ser a Mama ou uma sósia da cantora Rita Lee, bem mais velha e gorda. Lembrou-se da voz cavernosa no corredor da sala. Voltou para Ed:

– Ficou barato. Apenas mostrou as garras. Inventei algo sobre fazer novos amigos...

– Vacilou feio, hein! – O novo amigo estapeou a calça *jeans*.

– Deve-se contar sempre a verdade para os pais! – A senhora entrou no assunto, sem virar o rosto ou pedir licença. O atrevimento dela lembrava o de Táta.

– Pois é! Mas, graças a esse argumento, a minha mãe concordou. Posso ajudar vocês com ideias a resolverem a grande zebra. Mas não posso me envolver em qualquer confusão, em hipótese alguma. Sacou?

– Ótima notícia! Toda ajuda será bem-vinda! – A mulher remexeu o rosto cheio de rugas.

O amigo consertou a posição no banco.

– Sempre me esqueço das apresentações. Esta é a famosa e única Mama Terê!

– Olá! – Léo tentou sorrir.

– Prazer! Fiquei sabendo que quase o matei de medo ontem. – Usou um tom de voz suave.

Léo fez careta para Ed.

– Foi mal! Não pediu segredo e é osso esconder algo dela.

– Caraca! – Cerrou os punhos. Adultos não costumam guardar os segredos.

Mama o encarou.

– Já entendi! Não vou contar para sua mãe sobre a encrenca de ontem.

Léo cruzou os braços.

Edgar riu.

– Rapazinho! Precisará de ajuda também. Gangue de escola é um perigo.

Baixou a cabeça.

– Anime-se, cara! – Edgar esmurrou as próprias coxas.

– Como? E os problemas? Espia minhas olheiras. – Apontou o rosto.

– Nem me fale de problemas! – O garoto tornou a esmurrar as coxas.

– Problemas? Resolvem-se uns, surgem outros. – Mama Terê expirou.

– Como me livrarei do imbecil do Piranha? Já invadiu até os meus pesadelos. – Sapateou os pés contra a calçada portuguesa da praça.

– Você leu a dica que deixei no seu bolso ontem?

– Qual dica? – Mama consertou o corpo no assento.

Léo alternou a atenção entre os dois.

– A de número seis! – Edgar respondeu à mulher.

– Li e não entendi!

– Brô! Anotei naquele pedacinho de papel um trecho do fantástico livro de dicas da Mama Terê, Mais claro, impossível!

– Sim. Mas...

– Essa desequilibra qualquer inimigo covarde. Disso, pode ter certeza.

Mama entrelaçou os dedos.

– Como se chama o moleque mesmo?

– Piranha. – Léo soletrou o nome terrível.

– Legal! A dica de número seis o transformará numa piabinha! – Ela gargalhou.

– Vencer o dentuço apenas com meia dúzia de palavras. Só podem ser malucos.

– Ousa zombar do poder de minha sabedoria? Ouvi direito?

Capítulo 5

Léo inclinou o corpo para trás. Buscou na memória a ofensa em seu comentário. Falou pelos cotovelos. Pronto! O mal-estar com a dona do orfanato azedaria a ajuda da turma. Que bola fora...

A mulher continuou de cara feia.

★

Levantou-se pronto para pedir desculpas. Não podia ir embora mais tenso que quando chegou. Pior, sem a ajuda dos novos amigos. Gaguejou:

– Eu não queria...

Mama começou a gargalhar.

Ed também ria...

– Vocês são loucos!

– Num abrigo, ninguém é normal. Tentamos nos divertir para não enlouquecer. Viver só continua osso duro se a gente permitir! – A velhota filosofou, voltando a se sentar ao lado do livro escuro.

– Caí como um patinho!

– Tá! E aí? Leu ou não leu a dica? – Edgar balançou as mãos.

– Li. Aquilo funcionará mesmo? Sei não... – Afundou o pescoço entre os ombros.

– Teimoso, não duvide de minhas dicas! – Mama ralhou com um semblante de riso.

– Faça igual escrevi. Não tem como dar errado. Espere juntar plateia e grite algo baseado na dica bem na cara do idiota dentuço. – Edgar tirou um caderno da mochila. – O carinha ficará maluco!

– Pô! Mais ainda tem a Berenice!

– Você tá mesmo a fim dela, hein? – O garoto cravou os dentes num lápis. Em seguida, folheou o caderno sobre seu colo.

– Ela é muito linda! – Deixou os ombros caírem.

– A beleza atrai o ladrão mais que o brilho do ouro! – Mama amarrou os cabelos grisalhos com um elástico.

– Pois é! Por causa dela o Piranha quer me pegar. – Léo coçou a base do pescoço.

– Garoto, cultive a alegria! O tempo escorre entre os dedos. Nada se pode fazer para impedir. Por isso, o agora se chama *presente*. – A mulher estendeu as mãos em forma de concha.

Edgar sorriu.

Léo correu o dedo indicador da testa até a ponta do nariz antes de dizer:

— Ainda tem meu pai em Portugal, que não manda notícias faz tempo. Pelo menos, para mim. Já ouvi minha mãe chorar trancada no quarto. Qual o sentido de tanto sofrimento? — Enfiou as mãos entre as pernas.

Mama juntou os joelhos, respirou fundo e disse:

— Nenhum!

— Como assim?

— Nada no mundo faz sentido, filho!

— Se é assim, por que ficar feliz?

— Por que ficar triste? — A mulher levantou as sobrancelhas — Dê sentido aos acontecimentos. Com inteligência, pode se aprender com a dor. As outras pessoas só conseguem nos atacar se permitirmos. Diga: Basta! Não quero! A escolha é nossa. Sempre foi! Sempre será! — Apoiou as mãos no banco — E tomara que conquiste a Berenice! Amo romances e finais felizes.

— Nem sei se ela me enxerga, dona. — Retrucou.

— Teste, ora essa! — Ela ajeitou o livro escuro no colo.

— Testar? Como?

— Meninas amam flores!

— Mas? — Mirou o amigo em busca de apoio e o cretino apenas riu.

— Lá no abrigo tenho rosas, margaridas, copos de leite... Posso mandar um buquê, se quiser. Aí, você coloca a Berenice contra a parede.

— Não! Não! Não! Ficou louca! — Léo balançou os braços na frente do rosto.

— Baixe a guarda! Quero ajudar você a resolver a encrenca com o moleque. E algo me diz que conquistará uma menina loira de olhos azuis.

— Jura?

— O sexto sentido da Mama nunca erra. — Edgar falou firme.

— Por que a senhora quer me ajudar?

— Eis a mágica, te ajudo, você me ajuda, o mundo muda. — Ela bateu palmas sem fazer barulho.

Coçou a testa. Ela mal o conhecia. Estranho esse pessoal do interior.

Ed exibiu várias flores desenhadas numa folha de caderno.

Agarrou os próprios cabelos.

Mama espiou o desenho e insistiu:

— Deixa eu mandar as flores para a menina? Não seja ruim!

Léo coçou atrás das orelhas com as duas mãos.

Capítulo 5

– Bom, e se ela preferir o Piranha? – A mulher arqueou as sobrancelhas.

Perdeu a voz. Não havia pensado naquela hipótese absurda. Talvez Lívia tivesse razão quanto a menina mais bonita da escola ser boboca. Daí, a ideia de mandar flores só incendiaria o provável ciúme do peixe carnívoro. Contudo, seria legal descobrir se a garota dos sonhos gostava mesmo dele. Sentiu o ar se inundar de cheiros e aromas. Tal todas as flores da praça se oferecessem para formar um arranjo bonito. Deveria enviar as flores ou não? Ao ouvir a sirene de início das aulas, balançou as mãos como se dissesse: *"depois a gente resolve, tchau!"*. Então, saiu apressado. Pensou que o Edgar viria junto, mas o garoto preferiu cochichar ao ouvido da mãe emprestada.

Acelerou o passo a caminho da escola. De repente, foi obrigado a mudar o trajeto para o portão secundário, pois avistou o maldito peixe dentuço no meio do pátio.

Capítulo 6

Fim de tarde e do turno de aulas.

Para se esquivar de qualquer confusão, Léo foi o primeiro a sair da classe. Desceu a rampa do pátio aos pulos. A Mama ainda queria mandar flores para a Berenice... Louca! Nisso, deu de cara com a garota-problema. Ao contrário de outras ocasiões, ela virou o rosto.

Vasculhou a memória em busca de um motivo e não encontrou. Meninas, difícil de entender. Elevou os ombros, agarrou as alças da mochila e seguiu adiante.

Do lado de fora, a surpresa: Piranha de pé na praça a estalar os dedos. Só a rua separava os dois. O semblante lembrava uma faca apontada. Como conseguira chegar ali tão rápido? Lembrou-se do momento perdido com a Berê. O estômago gelou. Teve vontade de correr para o banheiro da escola.

Porém, demonstrar medo, como no pesadelo da torre, não seria legal. Restava saber onde arranjaria coragem.

Nisso, o dentuço atravessou a rua a passos largos e parou a centímetros de distância. Os lábios trêmulos deixavam escapulir seu mau hálito. Por fim, vociferou:

– A Berê é do meu aquário, idiota! Você ainda faz aquilo? Tá louco? Tá de provocação? Se liga! Não tem amor à própria vida? É?

– Mas eu não fiz nada! – Recuou meio passo.

– Não se faça de desentendido. Perdeu, *playboy*!

– Qual a bronca? – Recuou mais meio passo para fugir do hálito infernal. Nenhuma menina beijaria aquele fedorento...

– Quem sabe a verdade apareça depois de levar um soco. – Piranha exibiu o punho direito.

Léo conferiu a plateia em volta, repetiu em pensamento a tal dica de número seis da Mama: *não se cale diante da violência, proteste*. Então gritou:

– Covarde! Covarde! Covarde! Meta-se com alguém de seu tamanho!

O moleque arregalou os olhos e não se mexeu.

Capítulo 6

As tripas borbulharam. A famigerada dica parecia não funcionar...

Silêncio na praça.

Não aconteceu nada! O Piranha não havia virado piaba droga nenhuma. Burrice acreditar naquela besteira. Exercitou os dedos oleosos de suor. As pálpebras tremiam.

Alguém começou a gritar:

– Covarde! Covarde! Covarde!

A multidão fez coro.

O marginal reorganizou os dentes entre os lábios.

O público voltou a silenciar.

– Tô nem aí! – O maldito disse. Então, remexeu a musculatura do pescoço, jogou o braço direito para trás, preparava o golpe poderoso.

Léo sentiu uma mão forte o puxar para trás.

O melhor foi ouvir a voz firme de Edgar:

– Experimente me socar, idiota! Sou do seu tamanho!

*

Nunca ninguém tomara suas dores num problemão daqueles. Nas experiências passadas, sobraram esfoladuras e hematomas. Nem o pai se envolvia em briga de criança. Mas, o Piranha tinha estatura de adulto, além de contar com a ajuda do Sardinha e do Bacalhau. Tremenda covardia. Mas, o Edgar não podia perder, senão...

A entrada do amigo transformou o esfrega de final previsível numa luta de igual para igual. Com a novidade, a roda de curiosos não parava de crescer.

De cima do banco, Léo assistia à movimentação dos lutadores sem piscar. Piranha cuspiu de lado. Em seguida, num movimento ligeiro, tentou golpear o rosto do oponente. Este, numa manobra de cinema, desviou o soco com o braço esquerdo. Daí, o dentuço golpeou com o outro punho, mas só encontrou o vento. Pior, desequilibrou-se e foi ao chão.

Por picardia, claro, Edgar fez pose de vencedor de UFC.

Os gritos da plateia inflamaram o moleque, pois se levantou numa cambalhota.

– Piranha? Tá mais pra piabinha! – Ed provocou.

O público apertou o círculo em volta dos lutadores.

Léo travou o queixo. Nos braços, acomodava Valente, que latia feito louco.

Os colegas de gangue ameaçaram se aproximar, mas foram impedidos. Não conseguiu ver como, mas Táta derrubou o Sardinha. Big fez o mesmo com o

Bacalhau. Assim, os dois moleques sumiram do campo de visão. Então, os amigos ressurgiram sorridentes.

Acenou.

Eles acenaram de volta.

Valente latia e o público gritava.

Ficou curioso sobre o destino do Bacalhau e do Sardinha. Entretanto, a luta recomeçava. Piranha procurou atingir o abdome do Edgar. De novo, a manobra de ataque encontrou o vazio e o moleque caiu, dessa vez, de cara numa poça de lama no meio do gramado.

Pessoas próximas comentaram que o cretino levara uma rasteira. Na versão de Léo, o vacilão passou direto na ginga de corpo de Ed.

O dentuço permaneceu caído. Cuspiu lodo, limpou a sujeira do rosto. Talvez pensasse na humilhação de não acertar nenhum golpe no adversário.

Lembrou-se da dica número seis e começou a gritar:

– Covarde! Covarde!

O público aderiu em coro.

Edgar se aproximou do ouvido do Piranha.

O público fez silêncio.

– Lição número um, babaca: nunca ataque o inimigo sem conhecê-lo. Ele pode ser mais forte. Lição número dois: quando quiser comer lama de novo, apareça!

Risadas pipocaram na multidão.

O amigo completou:

– Lição número três: ninguém agredirá meu irmãozinho! – Cuspiu de lado e afastou-se.

O moleque levantou com dificuldade. Os lábios sangravam. Esfoladuras visíveis nos braços, nos joelhos e no ombro. Caminhou, parou adiante e gritou com energia:

– Vai ter troco! Trocaço! Falei!

Léo soltou Valente e apoiou as mãos na testa. Ainda não entendia por que o dentuço lhe atacara com tamanha violência. O campeão recuperava o fôlego. O público se dispersava. Virou e testemunhou Bigben sair de cima do Bacalhau e do Sardinha. Segurou o riso. Táta abraçava o irmão mais velho. Os três o salvaram, mas, continuavam crianças grandes. A bem da verdade, Edgar não brigou, apenas se esquivou dos golpes. Assim, o problema com o Piranha só piorara? Deveria continuar ou desistir daquela escola, daquela cidade, daquela troca idiota de favores? Arrastou os amigos para longe do ringue...

Capítulo 7

Léo iniciou a reunião de emergência na praça, à sombra de uma árvore, entre o coreto e o busto do Tiradentes. Precisava evitar outro confronto com o Piranha a qualquer custo. Senão, iria parar, primeiro no hospital, depois na casa da avó. Pôs sentido no Edgar:

– Por que não acertou uns golpes e fechou a fatura? Deveria ter dado um corretivo no cretino.

– Brô! O boca podre é covarde. Se partisse para cima, jogaria o jogo dele. Preferi provocar raiva no infeliz. Assim, o venci sem muito esforço.

– Venceu, mas, não convenceu.

– Que nada! O Ed arrebentou! O metido a bambambã não conseguiu acertar um murro. Isso, na frente de dezenas de testemunhas. Humilhação das humilhações! – Táta vibrou os punhos.

– Ele voltará? – As palavras escaparam de suas entranhas trêmulas.

– Pode escrever, cara. – Ed usou própria camiseta para secar o suor.

Big mostrou os dentes, visivelmente feliz.

– Ferrou! A minha mãe descobrirá cedo ou tarde. Tô frito! – Juntou os punhos no queixo.

Edgar lhe afagou um dos ombros e sussurrou:

– Calma, brô!

– Como? Se o sujeitinho me acusou de ter feito algo que não fiz.

Os três órfãos se entreolharam.

Então, o salvador soltou a bomba:

– Cara, essa briga foi arranjada!

Léo gaguejou:

– Co-como é que que é?

Segundo a explicação, na hora do recreio, o pequeno príncipe loiro deixou uma rosa vermelha na carteira da Berenice. Daí, o Piranha mordeu a isca e armou o fuzuê na praça. Pronto. Confirmado o motivo do murro no pátio: o cretino ciumava a menina sonho de todos os garotos da escola.

— Falei para não mandar droga de flor nenhuma. Olhe a confusão! — Sapateou.

— Conheço o Piranha. Com ou sem rosa, pegaria você. A flor fez a gente economizar trabalho. — Ed abriu os braços.

— Trabalho? Vocês me colocaram em perigo, isso sim! Se eu parar no colo da minha avó doida, digam adeus à minha ajuda. Nem se quisesse. Na casa dela não tem *internet*, nem telefone, nem nada. Voltarei à pré-história. — Descansou as mãos sobre a nuca.

— Se liga! Nem parece tão inteligente quanto diz — Táta resmungou.

— Conforme o nosso acordo: você ajuda a salvar o abrigo com ideias e a gente te protege. Com o envio da rosa, ficou claro o motivo da rixa. Resta saber de qual dos dois a Berenice gosta... Assim, é seguir o planejado e esperar o próximo ataque, com uma plateia maior, para resolver o seu problema de vez. Carinhas, tipo o Piranha, precisam apanhar duas vezes. Adoro quando um plano dá certo! — Edgar esfregou as mãos e sorriu.

— Cacilda! Quem foi o autor dessa loucura mirabolante? — Amarrotou as bochechas.

— Foi você sair para a Mama sugerir a Operação Rosa: Táta jogou a isca, eu e o Bigben ficamos encarregados de segurar a pressão na saída da escola.

— Malucos! Estou perdido!

— Nada, véio! A nossa estratégia foi hiper mega boa! Admita! — Táta falou.

— Mega? Hiper? Só se for para você, pois fiquei com a corda no pescoço. — Léo cruzou os braços com força e fitou o busto de Tiradentes.

— O que achou da reação de Berê? — Big quis saber.

Léo fez uma conchinha com os dedos em cima do nariz:

— Agiu como se não me conhecesse. Sobrou para mim, né? Evitar a próxima luta, senão terei de arrumar as malas. Droga!

— Tá louco! E vai acabar com o nosso divertimento? — Edgar abriu um sorriso.

— Então, farão uma festa no meu enterro? — Encarou os amigos de novo.

— Mal posso esperar! — Bigben socou o ar.

— A próxima briga? — Sentiu o rosto em brasa.

— Nada! A briga já passou! Agora vem a melhor parte. — Táta esfregou as mãos.

Os três cochicharam entre si.

— Desembuchem de uma vez! — Elevou o tom.

Valente rosnou.

Capítulo 7

Big abriu os braços:

– A guerra total!

– Tô morto! – Léo correu as unhas pelo rosto. Arrependeu-se de ter aceitado a troca de favores daqueles lunáticos. O tamanho do problema: Piranha viria à forra com força máxima. Pelo jeito, não tinha como evitar o novo confronto. Em quem confiaria? Nos novos amigos ou no instinto de sobrevivência? Deveria arrumar as malas para voltar à capital? Pelo menos, se fosse logo, evitaria hematomas e ossos quebrados. Lembrou-se das colheradas de óleo de fígado de bacalhau e fez cara feia.

Para lá não vou de jeito nenhum.

Preferiu confiar nos amigos.

*

Com as forças que ainda lhe restavam, agarrou-se ao pontiagudo telhado da torre. Se caísse...

Lá embaixo, o largo da catedral deserto. As poucas pessoas visíveis corriam. O dia luminoso, de céu azul, lindo, se transformara numa noite assustadora.

Afrouxou a barriga e deixou a bola de futebol voltar para o local de antes. Se a jogasse no largo, sumiria arrastada pelo vento. Tentava se lembrar do caminho de volta. Como desceria aquela torre? O mais estranho, não se lembrava como fizera para subir. Sonhos e pesadelos começavam sem pé, nem cabeça. O corpo escorregou mais.

Olhou em volta. Muito real para ser sonho. Não era?

Na tensão, não conseguia encontrar uma saída segura. O medo produzia arrepios. Passou a chover forte. Continuava a escorregar nas telhas. Raios cortavam o céu escuro. Só faltava cair um sobre ele. Tinha duas opções: morrer queimado ou esmagado contra o piso do largo.

– Socorro! – Gritou depois de uma telha se quebrar.

Evitou a queda fatal na última fração de segundo ao se segurar ao que sobrou da calha metálica.

Capítulo 8

A cinco dias da demolição. Tarde seguinte.

Léo queria fugir de qualquer tipo de confusão. Outra briga com o Piranha poderia se transformar numa guerra impossível de vencer. Aí, com certeza, pararia no hospital, depois, o destino terrível...

Pediu ajuda para a diretora, que o escoltou até a portaria. Achou o cuidado necessário, mesmo sem perceber nenhum sinal da gangue durante as aulas ou no recreio. Por outro lado, podia-se apalpar o ar de tão tenso o clima na escola. Algo muito grave aconteceria em breve. O pesadelo da torre e as cenas da luta do dia anterior não lhe saíam da lembrança.

Do lado de fora, travou o passo ante a surpreendente visão: a gangue completa do Piranha, mais de vinte garotos, se enfileiravam na praça. Todos usavam bermudões, bonés, camisetas coloridas e correntes prateadas no pescoço. Feições de deboche enfeitavam a maioria dos rostos. A tal guerra total iria mesmo acontecer. Caraca! Olhou para trás.

A diretora, dona Marilene, arregalou os olhos e deu dois passos em marcha à ré e começou a discar o celular de modo alucinado.

Buscou uma rota de fuga pela direita. Mas um *"psiu",* vindo do lado contrário, o fez virar. A surpresa: além do portão, Edgar, Táta, Bigben e as três meninas. Valente abanava a cauda.

Aproximou-se:

– Ed, um cardume gigante mordeu sua isca. Será um massacre!

– Calma, carinha! – O amigo o puxou para perto do muro da escola. – Veja direito, são apenas três contra um! Não se desespere... Quer ver uma coisa? – Então, falou baixo, tapando parte da boca – Bigben!

– Pode deixar meia dúzia comigo!

Entrelaçou os dedos oleosos. Ed não podia ser tão ruim de matemática. O desequilíbrio de forças era gigantesco.

– Não é a nossa primeira encrenca. O plano: atacaremos com a cabeçada mortal do Big. Em seguida, entra a infantaria: eu, você e o Táta. As meninas lutarão pela esquerda e o Valente pela direita.

Capítulo 8

A ouvir seu nome, o cachorrinho latiu e deu uma pirueta.

— Infantaria? — A saliva desceu amarga pela garganta. Ia entrelaçar os dedos à frente do queixo, Edgar interrompeu o movimento bem no meio:

— Não demonstre medo. Nunca!

Enquanto cochichavam, parte dos inimigos riam.

Bastou Edgar levantar as sobrancelhas para o príncipe loiro dizer que se encarregaria dos dois inimigos baixinhos, posicionados numa das pontas da fileira inimiga.

O comandante arrematou:

— Faço questão de ficar com o Dentuço!

Já Lívia prometeu enfiar as unhas em quem se metesse no seu caminho.

— Ainda sobraram muitos! — Coçou o canto da testa.

— Escolha um e ponha-se em posição de combate. Vamos à vitória! — O general de mentira falou grosso.

Em coro:

— Vitória na guerra!

— Caraca! Só posso ajudar vocês com minhas ideias. Esqueceram? A minha mãe vai... — O intestino borbulhou.

— Por falar nisso, cadê ela? — Edgar conferiu o relógio e remexeu os lábios.

— Cadê quem? A minha mãe? — Reparou em volta, sem fôlego.

Daí, os moleques provocaram do outro lado.

— Tá tudo dominado!

A turma rebateu idiotices do tipo: "Só se for pelo mau cheiro de vocês!" "Sai fora!"

A encrenca medonha e a gente ainda provoca. As pernas tremiam.

— Véio, primeiro vem os insultos, depois a luta. Erga os punhos. — Táta falou.

A multidão de curiosos crescia. Outros tantos, se afastavam... A diretora apertava o celular a ponto de parti-lo em dois. Edgar continuava a vigiar o relógio, como se aguardasse o sinete do ringue. Com o tempo, a alegria estampada no rosto dele se transformou num risco entre seus lábios. Algo no plano não ia bem...

★

Ia correr as mãos pelo rosto, mas se lembrou do conselho de nunca demonstrar medo. Fugia? Entrava para a escola? Se enfrentasse aquela batalha seria o fim. Achou melhor apanhar junto.

Ao longe, avistou Berenice. O coração disparou.

As lojas próximas baixaram as portas.

O público se espremia para assistir, por certo, a briga do ano.

– Vocês já eram! – Após o coro, os moleques começaram a marchar.

Léo sapateou de novo. O inimigo tinha a vantagem numérica. E ninguém tomava a iniciativa de acabar com aquela briga estúpida.

A turma fez barulho.

O coração quase parou ao ver Mama Terê vindo pela calçada esquerda da praça com um dos braços para o alto. Debaixo do outro, trazia o misterioso livro escuro.

Valente recebeu-a aos pulos.

Ela lutaria também? A saliva passou a ter gosto de xarope pra tosse.

A turma vibrou os braços.

A torcida fez silêncio.

A chegada da senhora do abrigo serviu, pelo menos, para interromper a marcha da gangue ainda na calçada oposta. Eles se entreolhavam. O moleque mais velho, com jeito de chefe, começou a discar o celular.

Apertou os lábios, lembrou-se da mãe, imaginou-se na casa da avó diante de uma xícara de café ralo.

Mama Terê sorria.

O público voltou a se agitar.

A diretora decorou o rosto de pavor e fechou o portão.

Léo colou as costas no muro. Se fugisse pela lateral? Aí, faria a maior corrida da vida. Seria traição? O Piranha conseguiria alcançá-lo? Pior, a gangue poderia abandonar a guerra para persegui-lo também, tipo aquela série famosa de TV *Todo mundo odeia o Léo*. Torceu o nariz para a ideia maluca.

Nisso, o general Ed ergueu a espada, na verdade, uma régua plástica transparente retirada do bolso lateral da própria mochila encostada no pé do muro e deu a ordem mais louca de todas:

– Formação de batalha! Vamos fazer caretas para esses imbecis!

A turma cerrou os punhos e obedeceu a ordem ao pé da letra. Valente rosnou. Quanta insanidade! A gangue do Piranha era superior na razão de três a um. Mama, a comandante suprema daquele exército de sete adolescentes e um cachorro, sorria feito doida de hospício. Fujo ou fico? Esfolou um joelho no outro. De novo, resolveu ficar. Se escapasse vivo daquela praça, só de saber do caso, a mãe o mataria.

*

Capítulo 8

Cadê a polícia, o batalhão de choque, a guarda municipal? Esfregou uma mão na outra. Aquela briga idiota não podia acontecer. Como se defenderia da avalanche de socos e pontapés? Sete contra mais de vinte! E os punhos dos moleques pareciam marretas. Nem a presença da Mama Terê evitaria a carnificina.

Nuvens enormes e escuras fizeram sombra sobre a praça e aumentaram o suspense. A noite próxima prometia tempestade. Apenas a rua separava os adversários. A brisa fria se misturava ao fedor do inimigo. Pelo menos, a batalha prometia ser breve.

O tal moleque com cara de mais velho parou de falar ao telefone, elevou o punho esquerdo e caminhou na direção de Mama Terê. Nada disse, apenas entregou o aparelho para ela. Depois, uniu-se à gangue.

A barriga gelou e o poderoso cérebro não conseguia entender o significado do gesto. Muito menos compreendia o plano maluco da turma.

Edgar tossiu. Pela primeira vez, nos últimos minutos, não exibia o famoso semblante *nada-vai-dar-certo-mesmo*. Ao contrário, a ponta da língua passeava no canto dos lábios. Parecia ansioso.

Ansioso pelo quê, droga!

Valente rosnava.

Os internos dançavam um ritmo de rua. Debochavam da gangue inimiga? Cadê a formação de batalha? Talvez, a dança fosse o jeito idiota de se preparar para o *tsunami* de murros.

O burburinho das pessoas chamou a atenção. Ia inclinar o ouvido na direção da plateia quando Mama começou a falar ao telefone.

– Teodoro! O Piranha quer agredir um garotinho, amigo meu, de 13 anos, bem menor e franzino, por causa de uma menina. Poderia acabar com isso agora. Comigo são oito contra mais de vinte! Não arredarei o pé. Você me conhece. – Interrompeu o discurso, mas manteve o aparelho ao ouvido. O livro escuro seguia debaixo do braço.

A sombra da nuvem, o vento frio arrastando as folhas, lembrava um filme de terror.

Mama encerrou a conversa com a frase:

– Sim! Sim! Agradecida!

O mesmo moleque buscou o aparelho e manteve o celular ao ouvido um ou dois segundos. Em seguida, levantou os braços e o inacreditável aconteceu: a gangue inteira deu meia volta e saiu pela esquerda. Mas foi preciso três para arrastar o Piranha, pois o cretino bufava e se debatia...

– A festinha foi cancelada? – Big levou as mãos à testa.

– Qual foi? – Sussurrou para os amigos.

— Léo, o Teodoro manda no aglomerado do Beco do Repolho e nessa molecada. Já morou no abrigo há muitos anos. Assim, jamais deixaria alguém agredir um dos meus. Pena não poder contar com a mesma afeição do Romário. — Mama Terê baixou a vista.

— Ainda não entendi!

— Simples, Brô! O Piranha nunca mais mexerá com você. — Edgar abanou o dedo.

— Vocês têm certeza absoluta?

— Sim! Bote fé. — Edgar socou o ar.

— Viva em paz, filho! — A velha senhora sorriu.

Mordeu o canto dos lábios.

Lívia gritou a última palavra da frase seguinte:

— Isso se chama vitória!

— Já sabiam desde o começo. Por isso, até dançavam aqueles passinhos imbecis. — Distribuiu o comentário com o olhar. — E o bobo aqui quase se borrou todo de medo.

— Medo destrói qualquer estratégia. — Edgar piscou o olho direito.

— Amo quando o plano dá certo! — Mama Terê sorriu.

Levantou a vista. A gangue sumia numa esquina próxima.

Táta cochichou:

— Agora falta a sua grande ideia para vencer o Sapo Gordo!

Léo franziu a testa. A alegria da vitória durara pouco. Respirou fundo três vezes. Lembrou-se das palavras da mãe. *"Ajude-os com uma ideia. Só isso, senão..."* Como arrumaria um jeito para salvar o abrigo, assim na pressão? O que faria, caso não conseguisse? Pelo jeito, só arranjou mais problemas. Deu três tapinhas no ombro de Táta. Reparou as nuvens negras sobre a praça. Pareciam tocar a copa das árvores. Lembrou-se do pesadelo da torre. Teodoro teria poder sobre o ciúme do Piranha?

Mama fez o convite absurdo:

— Que tal festejar?

Alvoroço na turma.

Capítulo 9

Achou a ideia de festejar a vitória, pura provocação. Brincavam com fogo. Vários arrepios percorreram a espinha. De um jeito ou de outro, o dentuço acabaria sabendo da farra.

Porém, a visão do parque municipal e da lagoa enorme o paralisou. Parecia coisa de sonho.

Mama Terê o abraçou de lado.

Fitou as nuvens escuras no horizonte e proferiu a pergunta estúpida:

– Será que não vai chover?

Ela prometeu fazer a festa até na chuva.

– Por que a senhora me ajudou?

– Eis a mágica: eu te ajudo, você me ajuda, o mundo muda. – Sorriu meiga. – Já me senti sozinha e um *anjo* me ajudou. Assim, resolvi colocar asas nas costas também. E por que o senhorito topou nos ajudar? – Ela sorriu de novo.

– Apenas aceitei a troca de favores oferecida pela turminha.

– Só por isso? Tem certeza? – Ela elevou as sobrancelhas.

– Gosto de desafiar o cérebro com situações complicadas.

– Essa desculpa, pelo menos, foi inteligente! – Riu.

– Fiquei animado com a fala da Lívia: ao ajudar alguém, o céu se abre. Daí, poderia pedir o que quisesse.

– Eis minha dica de número três! Então, o que mais deseja, garoto?

– O meu pai de volta. Foi trabalhar em Portugal, sabe...

– Ainda mais isso: um filho pedindo pelo pai. Tenha certeza, Deus moverá céus e terra...

Lágrimas ameaçaram minar, então tentou se distrair com a vista do lago.

Nisso, num local amplo, as meninas estenderam a toalha de mesa sobre a grama e ali distribuíram os quitutes e as bebidas. Enfim, se assentaram numa roda. Rafa corria nas proximidades. Bigben pegou o violão, Ed o pandeiro.

Léo cismou, pois o lugar tinha muitos esconderijos para se montar uma tocaia.

A turma encheu os copos e brindou:

– À saúde! – Mama Terê exclamou.

– À vitória! – Bigben falou grosso.

– Ao nosso novo amigo! – Tata apontou para ele.

– O casario será nosso! – Júlia cruzou os dedos.

– A todos nós! – Bia ajuntou.

Seguia cismado. Não devia ter vindo.

– Relaxe, Léo! – Lívia cochichou ao seu ouvido.

– O céu se abrirá para você! Acredite! – Mama sussurrou mansinho.

Consertou a posição do corpo, afrouxou o cadarço do tênis. Afagou o queixo de Valente. O cachorro sorria de volta com o abano da cauda.

– Ele gostou de você! – Júlia falou entre sorrisos.

– Vamos cantar minha gente! – Mama lançou o convite após cochichar ao ouvido do filho maior. – Dedico a primeira música à nossa vitória estrondosa!

– Ao Piranha que virou piada! – Lívia falou firme.

– Piada de piaba! – Júlia exclamou.

Risos inundaram o ambiente.

Nisso, Valente rosnou.

Vigiou a direção que o cachorro olhava. Nada de suspeito.

Daí, Big dedilhou a introdução da primeira música: *Bola de meia, bola de gude*[1].

Valente voltou a rosnar.

Alheia ao bicho, a roda de amigos cantava. A próxima foi *Paisagem na janela*[2]. Prestou atenção na letra e imaginou o largo da Catedral, a praça da escola, o rosto bonito da Berenice. Mas, dentro de si, a tensão continuava.

Valente levantou as orelhas.

A claridade do dia cedia à penumbra da noite.

A despeito da cisma dele, continuaram cantando, rindo, comendo...

Rafa deixou o carinho da Mama para apoiar as mãos sobre o violão de Bigben.

As luzes dos postes se acenderam.

Farfalhar de folhas secas, barulho de passos.

Valente rosnou forte.

Léo prendeu o fôlego.

---

[1] Música de Milton Nascimento e Fernando Brant

Capítulo 9

Big parou de tocar e todos olharam em volta, em silêncio.

O cachorrinho avançou na direção da margem esquerda do lago, no rumo de um arvoredo de onde os pássaros revoavam.

Edgar correu, ultrapassou o mascote e, além do banheiro público, virou e soletrou com os lábios as palavras insanas:

– Acho que era o Piranha!

Pronto, o lugar quase mágico se transformara num pesadelo. De novo, a pergunta perturbadora ecoou dentro de si: Teodoro tinha poder sobre o ciúme das pessoas? Tomou a decisão mental: vou desistir dessa droga!

Capítulo 10

A quatro dias da demolição.

Após a noite mal dormida, a caminho da escola, Léo ensaiava mentalmente como explicar para a turma a decisão de não mais ajudá-los a resolver o maior hiper mega ultra problema de todos. Inclusive, mudaria de escola para fugir do Piranha. Do contrário, cedo ou tarde, apanharia por causa da Berenice. Aí, a bomba atômica dos castigos explodiria sobre ele. Tenso demais para suportar.

Abortou os pensamentos ao avistar Lívia cabisbaixa, sentada num dos bancos da praça. Coçou a testa. O que foi dessa vez?

– Tudo bem?

– Tô de boa! – O movimento do corpo dizia o contrário.

– Tudo bem mesmo?

– Estou assim, encolhida, por causa do frio. Mama pediu para eu jogar a sobra de pão para os pombos. E é difícil dizer não para ela. Ei! Onde arrumou essas olheiras? – Esfregou as mãos nos antebraços.

Embolou as palavras da resposta:

– Vou mudar de escola.

– Por quê?

– Não sei como ajudá-los, assim, não é justo usar da proteção. Joguei a toalha. Acabou!

– Não nos abandone. Quem sabe consiga salvar a gente? As suas ideias farão falta. Você me fará falta... – O rosto de menina ficou vermelho.

Veio um arrepio. Lívia se parecia cada vez mais com a Berenice. Faltava cuidar dos cabelos, roupas novas e óculos de armação colorida. Pensou na loucura dessas coincidências. Sentou-se ao lado dela, enfiou as mãos no fundo dos bolsos do moletom. Então, ficaram se medindo de rabo de olho.

Lívia quebrou o gelo:

– Nada dá certo na vida de órfão mesmo. Por que os adultos insistem em colocar no mundo filhos para sofrer? Qual o sentido disso? Tenho vontade de bronquear minha mãe biológica. Nunca ligou pra mim. Sorte foi ser acolhida pela Mama. Às vezes, eu a ouço chorar pelos cantos da casa. Sei como é isso, pois choro também, arranho as paredes, bato a testa contra o marco da porta. Viver num orfanato é esperar, sonhar, esperar, esperar... Às vezes, cansa. Daí, você vai embora e continua o drama de perder nossa casa. Pensei que fosse meu anjo.

– Não desanime. Com ou sem mim, dará certo!

– Só a gente? Te defender foi legal. A festa da vitória foi divertida! Apesar do penetra no final.

Coçou as sobrancelhas.

– O plano da Mama foi bem bolado. Deu as caras na hora H, pois sabia que os moleques não teriam coragem de enfrentá-la. Simpatizou com você. E ela só gosta de gente boa. Não vá embora, por favor. – Ela lhe apertou as mãos, feito um alicate.

– Será melhor pra todo mundo.

– E quanto à magia da Mama: eu te ajudo, você me ajuda, o mundo muda. – Afrouxou as mãos.

– Não é justo usar a proteção sem retribuir.

– Por você, lutaria quantas vezes fosse necessário! – A menina ensaiou sorrir, mas, as expressões murcharam aos poucos.

– Qual foi?

– Imaginei o casario demolido. Pensei nessa gente sem alma. Só pensam no maldito dinheiro. Vou morar onde? Debaixo da ponte? E meus irmãos? – Pausa. – Não tenha pena de mim. Falo demais.

Aquela garota loira, chorosa, o fez lembrar a Isidora, o Caloi, a escola anterior.

Ela voltou a massagear os antebraços, depois, pôs-se a falar:

– Talvez não tenha nunca a super ideia. Contudo, isso não é motivo para partir. O Táta foi injusto ontem. O paspalho só fala besteira mesmo! Temos que tentar fazer algo para impedir a demolição. Preciso de você para fazer a diferença, em vez de sentar e assistir, de sentar e chorar.

– E a troca? – Fitou o busto do Tiradentes. Aquele grupo de adolescentes órfãos lhe retirara da forca na hora H.

– A turma terá paciência. Conversarei com eles.

Apertou um lábio contra o outro.

Daí, a garota murmurou sobre a incerteza se seria uma boa escolha para adoção.

– Tenho pena da Mama Terê, lutou tanto pela gente. Ela também foi órfã. Sabia disso?

Léo triangulou os dedos à frente do nariz. Agora, parte da conversa da Mama sobre ter asas começava a fazer sentido. Soltou a pergunta:

– Como veio parar aqui?

A menina tapou o rosto e começou a chorar.

Caraca! Espiou em volta. Qual o problema da pergunta? Ela o abraçou também. O choro continuou. Insistia com a questão ou se calava? Preferiu apenas lhe afagar os cabelos.

*

Ainda queria mudar de escola. Mas, a crise de choro da Lívia o balançou. Resolveu não perguntar o motivo das lágrimas. Sentiu que, se soubesse, iria desistir da mudança. Isso significaria se envolver numa aventura maior que suas forças. Continuou a afagar aqueles belos cabelos loiros. O choro diminuía.

De repente, ela ergueu o tronco, fungou, enxugou o rosto:

— Desculpe-me pela fraqueza. Preciso enfrentar meus problemas em vez de chorar.

— Enfrentar? — Prendeu o fôlego.

— Eu, a Bia e a Júlia sofremos violência doméstica. — Disparou as palavras.

— Vocês apanhavam? — Levantou as sobrancelhas.

A garota exibiu um olhar alucinado, massageou as bochechas e disse:

— Nossos pais faziam coisas com a gente. — Lágrimas escorriam pelo rosto.

— Coisas?

— Ai! Não dou conta de lhe explicar isso. — Virou para o lado.

Léo sentiu a face paralisar.

— Dia das Mães, Dia dos Pais, presentes, almoços festivos, lindas propagandas na TV com atores sorridentes... Isso é a mais pura idiotice! Nem todos os pais são legais, droga! O meu deve de tá por aí, numa boa. E eu aqui, vendo fantasmas e prestes a ficar sem teto.

Quis saber a história do Edgar. Os pais batiam muito no coitado. O juiz passou a guarda para o avô. Daí, o velhinho morreu engasgado. Jeito bobo de morrer. Então, ele veio para o abrigo.

— Agora, é nosso irmão mais velho. É bacana. Reparou como te defendeu? Cuida da gente direitinho.

— E o Táta?

— Segundo ouvi dizer, a mãe vivia drogada na rua. Ninguém sabe quem é o pai. Mama o pegou recém-nascido. Tinha muitos problemas de saúde. Por causa disso, apesar de bonito, pele clara, loiro, o coitadinho perdeu a maior janela de adoção, pois a maioria quer crianças abaixo dos três anos.

— Ele parece o pequeno príncipe dos livros! — Já não sabia se tinha coragem de desistir de ajudar aquela turma.

Capítulo 10

– É mesmo! Difícil alguém adotar criança doente. O tempo passou, passou, e ele perdeu a chance. – A menina esfregou as mãos depois de soprar o ar quente dos pulmões entre elas.

– E o Rafa?

Lívia explicou que o garoto era autista. Como é maluco o ser humano: certo dia, uma mulher apareceu na porta do abrigo, pediu para o garotinho usar o banheiro e desapareceu. Mama custou a lhe ensinar o básico, tipo comer, se lavar, escovar os dentes. Não fala, mas, entende muita coisa. Gosta de cores fortes, música eletrônica, violão, de sentir a vibração das coisas. Ama Coca-Cola. Só não gosta de ser tocado; fica nervoso, costuma avançar, dar murros e chutes.

Perguntou sobre a história do Bigben.

– Não sei muita coisa. A Mama fala pouco a respeito. Desconfio de algo grave também. Chegou aqui magro, depois veio a compulsão por comida. Aí, virou aquela bola de carne. Passa de lado nas portas.

– As pessoas deveriam visitar um abrigo para dar valor à família. – Léo apertou os lábios.

– É verdade. Por isso, perguntei se valia a pena apanhar pela Berenice. Ela desdenha da gente. Inventou de usar óculos coloridos e muitas meninas a imitiram. Pronto, virou moda na escola. Como não posso comprar, fico no escanteio. A boboca não sabe como a gente vive. Você merece coisa melhor.

Sussurrou para si. "Berenice, boboca?"

– Queria que as pessoas ouvissem meu choro, vissem minhas lágrimas, conhecessem minha história! – Ela apontou os transeuntes na praça.

– Lívia! É isso! – Beijou a bochecha dela.

– Tá louco? Não vai mais embora? – A menina arregalou os olhinhos azuis.

– Você achou a solução para salvarmos o abrigo! – Léo pulou no meio dos pombos. Ideia fantástica. Como não pensara nisso antes? Tão óbvia. Seria preciso a ajuda de todos. O *juntos-podemos-mais* entraria de novo em ação. Num segundo, pensou nos prós e contras. Havia riscos. Podia dar errado... Melhor desistir? Olhou nos olhos de Lívia e resolveu: "Vou pagar para ver".

Daí, parou de pular ao reconhecer o Bacalhau de costas, sentado num banco próximo.

Era espionado?

★

Minutos depois.

Precisava colocar o plano para salvar o abrigo em funcionamento o quanto antes. Restavam quatro dias. Juntos, impediriam a demolição e venceriam o

Piranha. Detalhe: de jeito que a mãe não desconfiasse que avançaria o limite estabelecido...

Lívia retornou com os irmãos. Os olhares pareciam ansiosos.

– Qual é? Qual foi? Bolou finalmente a super ideia? É isso? – Edgar quebrou o silêncio.

Após reparar em cada rosto, falou:

– Descobri como salvar a casa!

– Que tudo! – Bia esfregou as mãos.

– Gente, deixa o menino falar. – Júlia protestou.

– Bom! A Lívia me disse o óbvio: todos precisam saber do sofrimento, da história de vocês. Aí...

– Choveu no molhado. A cidade inteira sabe da nossa peleja. O povo até ajuda com doações. – Bia interrompeu de novo.

– Não entendi essa parte! – Lívia impôs a voz.

– Se for para pedir dinheiro na rua ou olhar os carros estacionados, tô fora! Além disso, a Mama não permite mendigar. – Táta mostrou o punho.

– Cale a boca, debiloide! – Parte da turma gritou.

Edgar correu as mãos pelo rosto.

Léo acenou pedindo calma.

As meninas se sentaram no banco.

Ia esclarecer, daí, Big apontou além da praça:

– Pessoal, olhem! Posição: Oito horas!

Virou. Um carro preto reluzente parou quase em frente ao casario. A ponta do capô tinha quatro argolas entrelaçadas. O motorista saiu e, igual nos filmes, fez pose antes de abrir a porta traseira.

Nesse meio tempo, a turma se levantou e lhe deu as costas. Olhavam na direção do tal carro preto.

– Qual o problema? – Lançou a pergunta.

Sem virar o rosto, Edgar respondeu:

– O pior de todos!

Subiu no banco para ver melhor. Tanto alarde por um carro idiota? Se bem, modelo grande, vidros escurecidos... Devia ser muito importante para abandonarem a sua super ideia. Só se o carro tivesse algo a ver com o maior hiper mega ultra problema de todos... Deveria seguir para a sala de aula ou esperar o desenrolar do caso? Pulou para o piso da praça, arrumou a mochila nas costas.

A turma correu para o casario.

Capítulo 11

– Melhor ir. – Mirou a escola, conferiu as horas na tela do celular. Em breve, soaria o sinal e o portão fecharia. E se os amigos estivessem em perigo? Talvez aquele fosse o carro do Sapo Gordo. Mas, havia prometido para a mãe só ajudá-los com ideias. Bateu os punhos na testa e saiu de fininho.

A algazarra dos estudantes e as buzinas anunciavam a proximidade do início das aulas. De novidade, a chegada de dois guardas municipais à praça. Pelo menos, seria o fim das brigas.

Antes de entrar, vigiou a casa de relance. Do tal carro preto, saiu um homem de bigode, barrigudo, cara fechada. De outra porta, um sujeito magro com uma câmera fotográfica pendurada no pescoço. Já o motorista, musculoso, queixo empinado, com jeito de bandido, usava camiseta de malha apertada e óculos escuros.

– Só pode ser o imbecil demolidor! – Salteou as palavras entredentes.

Sob o comando gestual de Edgar, as meninas se posicionaram nas três janelas da fachada. Rafa vigiava a última. Os meninos se enfileiraram à frente da porta, Valente se enfiou no meio do trio.

Respirou fundo, olhou para o portão da escola, depois para os amigos órfãos, então, retornou vários passos até se aproximar do busto de Tiradentes. Com certeza, aquele homem barrigudo seria o inimigo terrível. Os dois grupos pareciam se aprontar para o confronto.

– Seu Romário, Mama não tá! – Edgar falou num tom áspero.

Curioso, andou mais e parou no meio fio da rua, ainda do lado da praça. As mãos se retorciam oleosas.

– E daí? O prédio agora é meu e tenho o direito de inspecioná-lo. Vale lembrar que ainda moram nele de favor. – O bigode do atrevido, em forma de asas de andorinha, tremia.

★

– O prazo ainda não venceu, otário! Desta porta, o senhor não passa! – Táta cruzou os braços.

Não posso me envolver. Não posso me envolver. Léo tapou os ouvidos por um instante.

— Escutem aqui, seus pestinhas. Tenho um hotel para construir nesse local. O arquiteto veio tirar fotos e fazer medições para concluir o projeto. Não queiram me deixar nervoso!

— Sem essa, tiozão! Seja pelo menos educado! — Big franziu o nariz.

— Cara feia pra mim é fome! — Edgar vociferou.

— Isso aí, tio. O senhor é surdo? Se preferir a gente soletra: *não-vai-en-trar-e-pon-to!* — Big exibiu um passinho de dança, onde jogava os braços à frente e atrás do corpo, no ritmo dos fonemas.

Teve vontade de rir.

Valente rosnava.

O homem atrevido gritou:

— Pedro!

O motorista foi pra cima da muralha defensiva.

— Idiota, me larga! — Edgar vociferou.

Os outros dois garotos gritaram palavras incompreensíveis.

— Socorro! Socorro! — Da janela, Lívia abanou os braços.

Droga! Só posso ajudá-los com ideias! Começou a roer as unhas. Conferiu o entorno. Pelo jeito, como sempre, ninguém se envolveria. Os guardas municipais estavam longe e talvez até apoiassem o direito do gordo bochechudo. Seria o momento de mostrar para a turma o poder de sua inteligência. Voltou a atenção para o confronto. O punho tremia. Só que precisava de uma ideia caída do céu...

Bigben firmou o corpo no marco e agarrou os pulsos do brutamonte. Edgar fez o mesmo. Diante do impasse, ambas as partes faziam força e caras feias. Valente mordia a bota do intruso. O pequeno príncipe tentava puxar um dos pés de apoio do agressor.

— Socorro! Socorro! — Lívia e Júlia gritavam em coro.

Léo remexeu a musculatura do pescoço, procurou em volta algo para jogar nos atrevidos. Descobriu uma poça de lama no meio do gramado, resultado da chuva da madrugada: Desculpa, mãe. Será rapidinho.

Catou um copo descartável no cesto de lixo e o encheu com o mingau vermelho. Correu e despejou a carga sobre o reluzente carro negro. Para completar, escreveu *IDIOTA* com o dedo, bem no meio do para-brisa. Em seguida, com as mãos, fez um cone em volta dos lábios e gritou:

— Ei! Ei! Bando de otários!

Capítulo 11

O Sapo Gordo foi o primeiro a ver o carro enlameado. Elevou os braços.

O arquiteto arregalou os olhos

Táta, Bigben e Ed começaram a rir.

O motorista partiu na direção de Léo como um touro de rodeio enfurecido.

Nesse meio tempo, as meninas pularam a janela, atravessaram a rua, encheram as conchas das mãos de lama e atacaram as laterais do veículo.

Enquanto brincava de pega-pega com o motorista, os meninos abandonaram a trincheira de defesa para atacar o inimigo com um banho de lama.

Risos e gargalhadas brotaram nas bocas dos transeuntes.

Por fim, os três homens pararam, talvez caíram em si sobre a dificuldade de explicar a agressão sem propósito contra adolescentes para dois guardas municipais que caminhavam na direção do tumulto. Entraram no carro. Mas, antes de ir embora, pela janela, o Sapo coaxou:

– Isso não vai ficar assim! – Apontou o dedo gordo para turma do abrigo, depois virou para o Leonardo – Você me paga, garoto intrometido.

A turma se abraçou para comemorar a vitória. Riam. As risadas foram ainda mais altas ao se enxergarem sujos de lama.

O sinal da escola anunciou o início das aulas.

Léo prendeu a respiração mais uma vez ao ver a imundície da camisa do uniforme. A Berenice não pode me ver desse jeito!

– Quer outra camiseta limpa? – Lívia adivinhou seu pensamento. Bom, nem tanto, se tivesse percebido a Berenice nele, não teria oferecido a gentileza.

– Seria ótimo! – A menina correu para dentro da casa.

A turma continuava a festejar.

Nisso, Táta cutucou-lhe a costela:

– Brô! O seu plano levou em conta que o Sapo Gorducho é seu inimigo também?

Passeou a ponta da língua nos lábios. Não poderia anunciar a super ultra ideia, pois não fizera conta daquele novo detalhe. Pelo jeito, salvar o casario seria o maior desafio da vida. A coisa só piorava... Apertou o ombro do garoto loiro e pediu calma.

Lívia chegou com a camiseta do uniforme.

Deu um beijo demorado na bochecha dela e saiu a toda velocidade para a escola.

Capítulo 12

Fim de tarde e fim das aulas.

A prioridade: colocar o plano em funcionamento. Ou ajudava a vencer o Sapo safado, ou o Piranha...

Na sala, o clima esquisito deixou o ar quase palpável. A Berenice fazia de conta que nem o conhecia. Talvez gostasse mesmo do Piranha.

Será? Droga!

Antes de sair da escola, precisou explicar à dona Marilene a confusão da véspera. Só faltava ser expulso.

Do lado de fora, prendeu o fôlego. Igual ao dia anterior, a turma inteira do abrigo o aguardava à esquerda do portão. Imaginou outra guerra. Mas, nem sinal do inimigo. Aliás, o trio problema nem foi à aula naquele dia.

Embolou as palavras para fazer a pergunta:

– O Sapão voltou?

– Nem sinal do atrevido! Desisti de ir à aula para vigiar o casario, mas perdi o trabalho. De estranho, só o sumiço da Mama. – Edgar cruzou os braços.

– Só falta a gente ficar sem janta! – Big acariciou a barriga.

– Talvez ela tenha sido sequestrada? – O príncipe cruzou os braços.

Lívia fez o sinal da cruz.

– Por que vocês estão aqui no portão? Que susto!

– Véio! Você já incluiu o Sapo bochechudo no seu plano como inimigo? – Táta emendou as palavras.

Arrastou a turma à sombra da árvore entre o coreto e o busto do Tiradentes.

– Pois é! A ideia é...

– Se for melhor que a da guerra de lama... Vai arrebentar a boca do balão! – Júlia girou os punhos.

– Foi divertido besuntar aqueles atrevidos de barro. – Bia vibrou os braços.

– Genial! Jamais teria pensado naquilo. – Lívia bateu palmas.

Edgar fechou a cara e pediu silêncio.

Capítulo 12

As meninas sentaram no banco. Os garotos se ajeitaram sobre a grama.

Léo esfregou as mãos. Então, voltou a falar:

– Seguinte, para salvar o abrigo, basta contar o problema para as pessoas.

Rostinhos de bolinho de chuva pipocaram na turma.

– Melhor! Contar e cantar para todo o mundo ouvir que ficarão sem casa.

– Coisa mais louca! – Júlia estapeou a própria testa.

Os demais murcharam os semblantes.

– Simples! A gente solta o verbo na praça, no semáforo, no *shopping*. As meninas distribuem os panfletos com o pedido de ajuda para a nossa causa.

– Soltar o verbo? – Táta fez cara de tonto.

– Escreveremos o quê no panfleto? – Bia fez biquinho com os lábios.

Léo correu as mãos pelos cabelos.

– A música precisa falar sobre amizade, né? – Lívia parecia a mais animada.

– Isso! Isso!

– E nosso canto fará as pessoas lerem os panfletos? Tem certeza? – Júlia fez cara feia.

– Claro! – Léo virava na direção de quem falava.

– Podíamos fazer faixas, cartazes... – Bia se agitou.

– Vestiremos o quê? – Júlia levantou os braços.

– Como arrumaremos grana? Porque panfletos têm custo. – O pessimista de plantão entrelaçou os dedos atrás da nuca.

– Podemos vender algo na saída da escola? – Léo abriu os braços.

– Limonada! No nosso quintal tem um pé. – Júlia apontou o casario

– Boa! – Apontou o dedo em riste para ela.

Bia anotava os palpites num caderno.

– Isso dará certo mesmo, gente? – Táta grunhiu.

– Claro! Tenham fé! – Léo estalou os dedos chamando o Valente.

– Tá! A gente canta a nossa história e acontecerá uma mágica? Problema resolvido? – Edgar arrematou a frase com o semblante *nada-vai-dar-certo-mesmo*.

★

Léo foi alvejado por seis pares de olhos que pareciam facas apontadas. Sentiu-se o menor dos seres humanos. Se não gostassem da ideia, precisaria arrumar outra urgente. Não podia confiar no poder do Teodoro de manter o Piranha longe. E o data fatal cada vez mais próxima. O cérebro girou a mil. De repente, deu um pulo e falou:

— História! Edgar, você acendeu outra luz.

Lívia fez festa.

A turma o encarava sem piscar.

— O casario deve ser uma das casas mais antigas da cidade. Vejam as janelas, as portas, parte da fachada descascada com os tijolos de barro à mostra...

— E... — Júlia interrompeu.

Léo coçou o canto da testa:

— Em cidades históricas, casas assim são tombadas.

— Tombadas! — Bia riu.

— Casas tombadas não podem ser derrubadas!

— Claro! Qualquer idiota sabe disso. Se está tombada, já está meio derrubada mesmo. — Bigben exibiu um semblante que não dava pra saber se era de riso ou pura ignorância.

Risadas.

— Que pérola! Se fosse eu, todos gritariam: *cale a boca, imbecil!* Mas, como ele é gigante, nenhum pio. Isso é discriminação! — O garoto loiro abriu os braços.

— Falei bobagem? — O grandalhão abriu os braços também.

— Não, Einstein! Imagina! — Bia balançou os cabelos.

Quase todos riram.

Valente abanava o rabo a toda velocidade. Devia ser o jeito canino de gargalhar.

Léo pressionou as próprias têmporas:

— Entenderam?

Choveram respostas curtas:

— Não!

— Nada!

— Complicado, viu!

Edgar desembrulhava uma barra de chocolate, que Big tomou dele antes da primeira mordida.

Nisso, o anjo loiro o salvou, ao anunciar:

— Pois peguei o espírito da coisa. Li na *internet*. Se a gente conseguir tombar o casario como algo pré-histórico, o Sapo não poderá derrubá-lo para fazer o hotel.

— Histórico, não pré-histórico! — Léo corrigiu.

— Bom, deu pra entender. Captaram a mensagem, né?

Capítulo 12

As meninas debocharam:

— Gente, inacreditável! O Táta não falou besteira!

— Incrível!

— É o fim dos tempos!

— Bom! Como faremos isso? — Edgar fez a pergunta óbvia.

— Isso o quê? — Big pareceu retornar de pensamentos distantes.

— Ora! Tombar o casario! — Júlia apontou o abrigo.

De novo, Léo virou o centro das atenções.

— Aí que tá! Não faço a menor ideia! — Os ombros caíram.

Caras de susto pipocaram.

— O jeito é pesquisar, pessoal! — Léo disse.

— Sensacional! Faltam apenas quatro dias! — Edgar exibiu aquela cara tipo *nada-vai-dar-certo-mesmo*.

Foi visível o desânimo da turma após aquela fala pessimista. O Sapo Gordo, com certeza, dificultaria a operação de salvamento. O banho de lama não ficaria barato. E o Piranha, armava uma para a humilhação sofrida na praça. Não parava de pensar nos dois inimigos. Nisso, o cérebro se iluminou. Distribuiria as tarefas. Juntos, poderiam mais. Separados, ganhariam um tempo precioso.

Ia dizer algo, quando Lívia o cutucou e apontou para a direita. Avistou o Sardinha, além do coreto. O moleque narigudo correu o dedo no pescoço, então se foi.

*

Instantes depois.

— Não podemos desanimar por causa do tempo curto, ou o Sapo vencerá numa boa. Vamos unir os dois planos. — Léo fez mímica para ilustrar a soma, enquanto vigiava o Sardinha ao longe, a correr feito um gatuno — Contaremos para o povo o drama da demolição do casario e tentaremos conseguir o tombamento do prédio como patrimônio histórico.

— Deu preguiça! Se você teve a ideia, mas não sabe como fazer funcionar... — Táta fez cara feia.

— Se cada um fizer uma parte do trabalho, será mais fácil. — Escorou os braços no tronco da árvore.

— Como assim? — Júlia também não parecia confiante.

— Divisão de tarefas. Exemplo: quem pode pesquisar na *internet* sobre o casario? — Balançou o dedo à espera do primeiro voluntário.

Lívia aceitou o encargo.

Na sequência, Júlia prometeu fazer uma pesquisa rigorosa na biblioteca pública. Edgar se ofereceu para descobrir os detalhes do pedido de tombamento na prefeitura.

— Sei tocar violão e Bia canta bem. — Big apontou para si e para a menina cantora.

Léo vibrou.

— Ah! Eu posso cantar também! Fazer os cartazes! Pesquisar na *internet* também. — Bia elevou os braços.

— E quanto à grana? — Edgar cumpriu o dever de ser o estraga prazeres.

Júlia sugeriu vender limonada e doce de goiaba.

Ed insistiu:

— Cara, você não explicou até agora o que ganharemos com essa coisa de contar para as pessoas sobre nosso problema.

— Cairemos na boca do povo. É um jeito de pressionar o Sapo.

Ed fechou a cara.

Os adolescentes se entreolharam.

— Cuidarei da coreografia. — Lívia fez pose de bailarina.

— Coreografia? Dança? Sei não, viu. — Big enfiou as mãos nos bolsos da calça. — Esse troço tá cada vez mais cheio de *nhen-nhen-nhen*. Imaginem, eu, essa bola rechonchuda de carne bailando no semáforo — Mais! Essa coisa de dançar dará a maior fome. Quem providenciará o lanche?

— Desculpe a sinceridade, mas, isso tudo é uma bomba! Pronto, falei! — Júlia falou.

A turma fez cara de tacho grudado com resto de doce.

*

— Animem-se! Temos que tentar alguma coisa! — Léo ergueu os braços.

Ninguém deu ouvido. Os planos lhe pareciam geniais. O desânimo dos amigos selava o destino do casario e o dele também. Se não conseguisse tocar adiante as ideias, o jeito era contar a verdade para a mãe e aguentar a consequência.

Os rostos da turma esculpiam a derrota antecipada.

— Ficarei de sentinela no casario. Vai que o Sapo Gordo inventa de aparecer. — Táta ia saindo.

— Nada disso, rapazinho! Não fuja da raia. Ajudará nos manifestos, nos ensaios, na organização. Sofrerá junto! — Léo ralhou.

— Quem você pensa que é? — O garoto retrucou.

Burburinho.

Capítulo 12

— E quem vocês pensam que são para desistir? Pensem na Mama, no Rafa, nas futuras crianças que morarão no abrigo. Juntos, somos invencíveis. Vi isso ontem, durante a escolta.

Valente ficou de pé nas patas traseiras e latiu.

Silêncio.

Lívia gritou:

— Pessoal! Que música cantaremos na manifestação? Quero ouvir sugestões!

— Precisa ser famosa e falar sobre amizade. — Bia falou devagar.

— *Canção da América*[2]? — A menina loira levantou uma sobrancelha.

— Essa tem muitos acordes... — O músico de meia tigela resmungou. — Não dou conta de tocar isso nem aqui nem na China.

— Tem aquela da campanha da TV para as crianças. — Júlia falou baixinho.

— *Criança esperança*[3]! — Léo arriscou o palpite para animar o grupo.

Narizes franzidos pipocaram aqui e ali.

De semblante alucinado, Ed fez uma cabaninha com os dedos sobre o nariz.

— Que tal *Amigos para sempre*[4]! — Big remexeu os ombros — Essa é mais simples. E quero ver todo mundo cantando junto.

Bocas se abriram. Novo burburinho.

Correu as mãos pelo rosto.

Bia protestou que não cantaria sozinha de jeito nenhum.

— Olhem, sem união, nada feito! — Falou alto. — Não será fácil. Não existe almoço de graça! Vocês precisam se decidir. Ou lutam juntos ou arrumam as coisas para a mudança.

Novo silêncio.

— O ensaio pode ser amanhã, depois das aulas! — Lívia bateu palmas.

Outro burburinho.

Léo observou o casario, a praça, a fachada da escola, a catedral, o *vai e vem* das pessoas. Pela primeira vez, aquela cidade não lhe parecia idiota. Só os amigos seriam capazes de tal mágica. Daí, flagrou Lívia o observando de canto de olho. Ia lhe sorrir de volta, mas, em vez disso, prendeu a respiração ao avistar o carro preto, com as tais argolas entrelaçadas na ponta do capô. Aproximava-se com vagar. Ou seja, confusão a caminho.

---

2 Música de Milton Nascimento e Fernando Brant
3 Música de Michael Sullivan e Paulo Massadas.
4 Conhecida também como *Friends for life*, a música é de Andrew Lloyd Webber e Don Black.

A turma leu seus pensamentos, pois virou na mesma direção.

Valente rosnou, latiu, arrepiou o pelo.

Léo segurou o bicho.

O carro reluzia ao sol. Os vidros escurecidos não permitiram identificar os ocupantes. Só podia ser o Sapo Gorducho e o motorista musculoso. Haveria outro carro igual àquele na cidade? Por fim, para não deixar dúvidas da má intenção dos ocupantes, o veículo parou na porta do casario. O Paquiderme atacaria de novo?

– E agora? – Júlia cochichou a pergunta.

Soltou o cachorro sem querer, enquanto vasculhava o gramado em busca de outra poça de lama. Edgar fez sinal para Big; então, o tanque de guerra avançou e se escondeu atrás de uma moita. Valente correu, atravessou a rua e passou a rosnar para o visitante. A turma inteira se abaixou atrás da vegetação da praça. O vilão não mostrou a cara sardenta. Big virou, de certo, em busca de instruções. Ed gesticulou as mãos abertas. Os demais, mesmo de cócoras, assumiram a formação de patrulha. Iriam atacar? Ia dizer algo, desistiu.

Capítulo 13

A três dias da demolição.
Manhã seguinte, hora do recreio.

Aproximou-se de Lívia e Edgar, a fim de saber o andamento do plano, pois disso dependia o futuro do casario e o dele.

– Ei! Expliquem melhor as descobertas?

– Pelo visto, não pesquisou nada, né? – Lívia fez beicinho.

– Adivinhona! Sou morador novo aqui e ainda estou sem *internet*. Contem aí! Desembuchem!

Ed disse que foi tranquilo na prefeitura! Conseguiu resolver pelo telefone. Para o tombamento, bastava fazer o pedido à Secretaria Municipal de Cultura. Como eram menores, aquela batata quente sobrou para a Mama.

A menina elevou as sobrancelhas:

– Não dava para dizer detalhes na rede social durante as aulas. Preparem-se, tenho uma ultra surpresa.

Léo vidrou o olhar.

– O casario já foi sede das voluntárias do hospital, armazém de secos e molhados e quartel do Batalhão Olegário Maciel durante a revolução de 1932.

– Houve uma guerra aqui? – Léo levantou-se do banco.

– Sim. Mineiros contra paulistas. As batalhas ocorreram no sul do estado. Vejam essas fotos.

Examinou as diversas folhas de papel grampeadas e comentou:

– Puxa! Quantos soldados!

O pessimismo do Edgar sussurrou:

– Isso não ajuda nada!

A garota mostrou a língua para o cretino e prosseguiu:

– Antes disso, acho que lá funcionou o posto de registro da coroa portuguesa para coleta de impostos sobre o ouro das minas de Paracatu, Pitangui, Minas Novas e dos diamantes de Diamantina.

– Acho? – Edgar soltou a indagação.

– É jeito de falar. Tá na *internet*!

Léo apertou os lábios e coçou a testa.

– Você ainda não se entusiasmou, né?

– Cadê a ultra surpresa?

– Alguém muito famoso morou no casario. E a data da morte é feriado nacional! – A menina sorriu.

– Ai! Não faço a menor ideia! – Léo tamborilou os dedos na própria testa.

Ela insistiu no joguinho de enigma:

– A praça aqui de frente leva o nome dele!

Lembrou-se do busto de metal com a corda no pescoço, mas o cérebro deu um branco.

Ed meneou a cabeça de um lado para o outro como quem não sabia a resposta.

– Gente, o Ti-ra-den-tes morou na nossa casa!

Léo abraçou Lívia. O grande herói do Brasil dormiu num daqueles quartos. Pularam de mãos dadas. Só pararam quando o Edgar retirou outra porção de pessimismo da sacola chamada *nada-vai-dar-certo-mesmo*:

– Como a gente provará isso?

Prendeu a respiração ao ver o sorriso da garota se desmanchar. O Tiradentes não passava de achismo, pois não dava pra confiar na *internet*. Se o líder da Inconfidência Mineira morou no casario há mais de 200 anos, como provariam? Sentiu vontade louca de abandonar de vez aquele enguiço. Agarrou os cabelos, pronto a noticiar a desistência, mas, mudou de ideia ao ver o Bacalhau, o Sardinha e o Piranha no corredor superior. Os três riam. O Sapo e aqueles cretinos não poderiam vencer.

O sinal do fim do recreio tocou.

Capítulo 14

No fim do dia, encontrou Edgar e Lívia de novo, na praça, à sombra de uma árvore.

– Gente, tem um jeito de descobrir se o Tiradentes morou mesmo no casario! – Admirou a cara de espanto dos dois amigos. – E a cada minuto perdido, lá se vai um tijolo daquelas paredes...

– Qual seria? – Edgar falou grosso.

– Basta achar uma pista do Inconfidente.

– Onde? Como? – Lívia apoiou as mãos na cintura.

– Bom...

Nesse ponto, os demais órfãos chegaram.

Os três resumiram o teor inicial da conversa.

– Para ser mais exato, que tipo de pista deveremos procurar? – Júlia esfregou as mãos.

– Se a gente encontrasse uma cueca do Alferes com uma freada de bicicleta no meio, bastaria fazer um exame de DNA. Caso resolvido. – O príncipe loiro encolheu o pescoço entre os ombros como se já esperasse a bronca.

Daí, a reprimenda veio em forma de silêncio.

Big riu.

– Léo, que tipo de pista devemos procurar? – Júlia insistiu.

– Não sei! Não sei! – Abriu os braços.

– Não sabe! Sempre esse morde e assopra. – Bia soltou os cabelos – Aí, não adianta nada.

– Pessoal! Nos filmes de terror, as casas antigas têm passagens secretas, cofres atrás de quadros, paredes falsas, alçapões... – Léo socou as mãos.

– Entendi. O negócio é revirar tudo! – Lívia falou rápido.

Júlia resmungou o fato de não gostar de filme de terror.

Bia achou a proposta uma perfeita maluquice.

– Caramba! Quem foi esse tal de Tiradentes? – O grandalhão fez cara de tonto.

A turma inquietou-se.

Júlia confessou a mesma ignorância.

— Esse detalhe é importante! Só sei que os portugueses enforcaram o coitado. — Táta descansou as mãos sobre a nuca.

Lívia ligou o celular: "Esperem um pouco, que descubro já!" Segundos depois, começou a ler o resultado da pesquisa: "Joaquim José da Silva Xavier, o Tiradentes, foi dentista prático, daí o apelido, tropeiro, minerador, comerciante, soldado e ativista político nas capitanias de Minas Gerais e Rio de Janeiro, na época do Brasil Colônia. Assumiu a liderança da Inconfidência Mineira, movimento separatista de independência política do país em relação a Portugal. Foi morto na forca, como traidor do Rei, em 21 de abril de 1792, no Rio de Janeiro."

Durante a leitura, alguns faziam cara de quem não entendia nada.

— Coitadinho! — Júlia pressionou os dedos contra as bochechas.

— Por isso que o busto da praça tem uma corda em volta do pescoço. — Bia apontou o monumento além do coreto.

Lívia voltou à leitura:

"É herói nacional, mártir da independência e patrono das polícias estaduais. A data da morte é feriado."

— Veja o detalhe. Talvez essa praça se chame Tiradentes por ele ter morado na nossa casa. — Bia esticou os fonemas no final da fala.

— Faz sentido! Se for verdade, ninguém poderá derrubá-la. Ideia fantástica!

Júlia pulou.

— Reparem outra coincidência: dia 21 de abril é a data final para desocuparmos o abrigo. Se a gente conseguir salvá-lo, viraremos heróis também. — Big sorriu.

— Então façamos uma revolução pela liberdade de poder morar onde sempre moramos! — Lívia ergueu uma caneta como se fosse uma espada.

Alguns aplaudiram, outros assobiaram.

— À luta, pessoal! Vamos revirar o casario... — Léo ainda falava, quando avistou o Rafa se aproximar, apontando para a copa da árvore. Logo, todos olharam para o alto — Qual foi?

— Tem um espião em cima da gente! — Lívia respondeu de pronto.

*

Havia um garotinho de cerca de oito anos de cócoras num dos galhos da tal árvore. Seria mesmo espião? Se sim, precisavam arrancar dele a confissão sobre quem o contratou. Imagina se o Sapo Gordo soubesse do Tiradentes?

Capítulo 14

— E arrumaram um agente tampinha, de dar dó, viu! — Táta soltou um risinho.

— Tampinha é a vovozinha! — O garoto gritou lá de cima.

— Moleque! Deixarei passar dessa vez, pois não tenho avó. — Edgar ralhou.

— Não sou moleque e nem espião! — O atrevido fez cara feia.

— Ouvir a conversa dos outros sem autorização dá no mesmo. Não tem vergonha? — Júlia apontou o dedo em riste —Você é muito mal-educado!

— Esperem aí! Não sou espião, nem moleque ou mal-educado.

— Então, *X9* tampinha, qual foi? – Táta gritou com voz grossa.

— Tentava recuperar a minha pipa. – Apontou para o alto.

Verdade. Os restos mortais do brinquedo descansavam presos numa ponta de galho.

Os meninos se entreolharam.

Bia e Júlia murcharam os semblantes.

Lívia pressionou o queixo com a ponta dos dedos e sussurrou:

— Ai! Essa história da derrubada do casario deixou a gente paranoico. Quase igual ao Sapo bufão!

— Se eu torturasse esse cretino *X9*? — O loiro sugeriu o absurdo.

Correu as mãos pelo rosto. Havia diversas pipas coloridas entre as nuvens. O vento frio de abril justificava a brincadeira. O garotinho falava a verdade? Porém, tanto esforço por uma pipa rasgada? Virou para a turma em busca de sugestões e só encontrou caras de bolinhos de chuva. Resolveu caminhar na direção do casario.

— Posso torturar ele? — O príncipe loiro insistia na imbecilidade.

— Cale a boca! — Lívia gritou.

Deu uma espiadela rápida por cima do ombro.

Parte da turma ria.

Outra parte mantinha o semblante fechado.

Capítulo 15

Na sala do casario.

Os moradores se apoiaram nas costas do último sofá.
Léo disse:

– E aí? Vamos procurar pela pista do Tiradentes? O sucesso do plano depende disso.

– E deixar esse espiãozinho sair numa boa? Sei como fazê-lo falar... – Táta esfregou as mãos.

– Você é maluco? Psicopata? – Lívia ralhou – É só um garotinho. Imbecil!

– Espião é espião!

– Nesse momento o foco é outro, Tadeu. Temos trabalho a fazer. – Bia disse.

A turma fez um círculo e apertaram as mãos. Depois se esparramaram pela casa.

Da janela, espiou a árvore da praça onde esteve há pouco. O tal garotinho acabava de pular para o chão. Antes de sair correndo, mostrou-lhe a língua. Foi embora sem levar a pipa. Então, um pensamento o incomodou: e se aquele merdinha for mesmo um *X9*? Agora sabe sobre o Tiradentes. Droga!

Nisso, Lívia o arrastou para a cozinha.

– Veja isso! – Apontou o entalhe no batente da porta de saída da cozinha para o quintal.

– 1779! Uau! Deve ser da época da construção. Confere com os anos da passagem do inconfidente pela cidade. – A boca se abriu sozinha.

– Exato! Ele foi chefe do posto de registro da coroa portuguesa de 1778 a 1780. – Conferiu a anotação tirada do bolso. Depois apontou a janela, com grossas barras de ferro carcomidas de ferrugem.

– Veja essas grades. Mama disse que foram feitas à mão pelos escravos.

Apalpou as estruturas.

– Só esse cômodo da casa é assim! – Lívia completou.

– Aqui teria sido cadeia? A prisão do quartel do Tiradentes? – Léo mordeu o lábio inferior.

Capítulo 15

– Cadeia! Nunca imaginei. Por que só você enxerga essas coisas? Se sim, então ele não morava aqui!

– Talvez o cômodo fosse o depósito, o cofre do posto da coroa. Imagine esse espaço cheio de ouro e diamantes. – Os lábios se fecharam, enquanto examinava as paredes de quase meio metro de largura. Havia outros detalhes nunca vistos numa cozinha normal. O fogão a lenha ficava no meio do cômodo e não tinha chaminé. Em vez disso, uma torre erguia-se sobre ele a partir do telhado, por onde sairia a fumaça. Havia varais de madeira ao alcance dos braços próximos ao fogão. Para que serviriam? Coçou a orelha. O problema maior, nada daquilo provava a passagem do famoso herói pela casa.

– Ei! – A menina o puxou para fora. – Sabe aquele ditado *sem eira nem beira*? Só casas importantes tinham eira... – apontou o pequeno terraço feito de tijolos do lado de fora da porta da cozinha. – E beira. – Elevou o braço na direção do acabamento de tábuas do beiral do telhado.

Léo nada comentou.

– Estaremos no caminho certo? – Lívia cruzou os braços.

– Tomara. Será dureza encontrar algo de duzentos anos que ligue a casa ao inconfidente. – Chutou a parede de leve.

A garota passou a bater os punhos em diversos pontos das paredes.

Dali, os dois passearam nos outros cômodos.

Bigben fazia o serviço penoso: arrastava os guarda-roupas, as camas, os móveis, nos ombros carregava Táta que conferia o teto e os lustres.

Júlia procurava paredes falsas.

Valente farejava aqui e ali. Talvez caçasse ratos.

O Rafa, como sempre, andava de um lado para o outro.

– Alguém sabe da Mama? – Tentou imaginar a reação da dona da casa diante de tamanha confusão. Se fosse a mãe, enlouqueceria...

– Sumiu de novo. Deve tá tentando resolver a questão ao seu modo. Ontem a ouvi chorar. Tá osso! A pressão é grande sobre os ombros da coitada. O jantar atrasará de novo. – Júlia retirava teias de aranha dos cabelos do irmão loiro.

– Caramba! Depois de fazer tanta força e não encontrar nada, a comida atrasa? – Big resmungou.

– Você já comeu várias bananas. – Táta abriu os braços.

– Fruta não mata a minha fome. – O grandalhão retornava o guarda-roupa para o local original. – Preciso de feijão, arroz, batatas, carne...

– O negócio seria terminar a busca e arrumar essa bagunça antes de ela chegar! – Preocupou-se.

Nisso:

– Pessoal! Venham aqui, rápido!

★

Léo se agarrou ao marco da porta do quarto onde Bia gritara. A expressão facial misturava alegria e tragédia. Cruzou os dedos: Tomara que tenha encontrado uma pistinha para alimentar o entusiasmo do grupo. Nem ele aguentava mais tantas decepções.

A ocupar os demais espaços disponíveis na entrada, alguns grunhiam, outros torciam o nariz; Big franzia a testa.

A escandalosa, então, exibiu uma cara de tonta. Um dos braços apontava a tela escura do computador sobre a mesinha atrás de seus ombros.

– Ei, maluca, não tem nada aí! – Táta alarmou.

– Quase matou a gente de susto por nada! – Júlia cerrou os punhos.

Big vibrou os lábios e relinchou como um cavalo.

Alguns riram. Os demais cruzaram os braços.

– Jesus, é mesmo! – Bia falou com a voz estranha. Em seguida, consertou a posição do corpo, virou para frente, apertou três botões no teclado e a tela se iluminou.

Então, o grupo inteiro de curiosos se inclinou para frente, talvez para enxergar melhor.

Léo não entendia aquela foto preto e branco.

Murmúrios. Grunhidos.

Edgar matou a charada:

– Gente! Eu conheço! É o solar, o casarão, do outro lado da praça!

Bia arrastou a imagem para a esquerda e apareceu uma casinha menor. No rodapé, a inscrição: Registro Real das Sete Lagoas.

Sem entender direito o caso, deu um passo à frente, abriu os braços e falou:

– Alguém me explica isso? Boiei feio!

– Eis a casa do Ti-ra-den-tes! – Bia soltou os fonemas devagar.

Léo enfim entendia a tragédia produzida pela imagem na tela. Na casinha, colada ao solar, foi onde funcionou o posto de contagem da Coroa. Com isso, o casario não passava de uma casa velha, sem nenhuma importância histórica. As meninas se abraçaram. Bigben mordia o polegar. Edgar socava as mãos. Táta desabou no piso de tábuas. Assim, voltavam à estaca zero. Tanto esforço por nada. Achou melhor ir embora.

Para azedar os humores: Mama Terê surgiu de braços cruzados e cara feia. Na bolsa tiracolo, via-se parte do misterioso e inseparável livro escuro.

Capítulo 16

"Ca-ram-ba!" Como explicar o casario de pernas para o ar? Pior, aquela ideia louca fora dele. Pronto, iria expulsá-lo e ainda contaria para a mãe a ameaça do Piranha. Aí, perderia a proteção dos amigos. Só não levaria socos do Dentuço porque voltaria para a capital o mais rápido possível.

– O que significa isso?

Os adolescentes exibiam caras de bolinhos de chuva.

Valente baixou a parte da frente do corpo e colocou as patinhas sobre as orelhas.

– A casa foi atingida por um furacão? Começou a 3ª Guerra Mundial?

Léo observava a cena quase sem piscar.

– Ficaram surdos também? – Mirou o mais velho de seus filhos. – Edgar Moura de Azevedo?

Quando os adultos dizem o nome completo de alguém...

Ed resumiu o caso do Tiradentes, do tombamento do casario, citou os manifestos e de como pretendiam salvar o abrigo. No final, acusou:

– Essas ideias foram dele!

Léo murchou os lábios.

Mama Terê recostou-se no marco da porta:

– Fui negociar com Seu Romário um aumento no prazo. O cretino nem quis me receber. O motorista contou sobre o banho, aqui na porta, ontem. Responder ofensa com ofensa é lavar a alma com lama. – Arrastou as mãos pelo rosto.

– Essa coisa da lama foi ideia dele também! – Táta apontou Léo.

– Cale a boca, idiota! – Lívia sussurrou.

A mulher apontou o corredor:

– Garoto! Fora! Não quero mais vê-lo aqui! Suas ideias só pioraram as coisas. Se insistir, conto para sua mãe sobre a gangue da escola.

O intestino borbulhou.

Bigben grunhiu:

– Sujou!

Lívia virou para os irmãos:

— Então é isso? Aplaudem as ideias, se dão errado, tiram o corpo fora? Que decepção! Que vergonha! Vocês me dão nojo! — Pausa. — O Romário queria entrar à força no casario e o motorista dele agrediu o Big. Léo usou a lama para nos defender, Tereza!

— Foi isso mesmo. Ele salvou a gente! — O grandalhão falou devagar.

Mas a dona da casa mantinha o braço apontando a saída.

— Não o expulse. O Sapo Gordo é muito atrevido! — Júlia carregou a frase com sua voz meiga.

Parte da turma grunhiu palavras incompreensíveis.

— Espere aí, garoto!

Travou o passo perto da porta.

— Como estou nessa até o pescoço, farei o pedido do tombamento na prefeitura. Bem sei do que o Sapo velho é capaz. Expulsei-o daqui na média de idade da maioria de vocês. Afinal, não me obedecia. Foi parar num orfanato na capital. Deve ter sofrido um bocado lá. Agora quer derrubar a nossa moradia por vingança, pois sabe o quanto gosto daqui.

Todos se entreolharam.

Ela prosseguiu:

— Bom! Já essa maluquice de procurar pistas do Tiradentes me fez lembrar uma coisa: a velha Gertrudes repetiu um enigma várias vezes antes de morrer.

— Enigma? — Júlia e Lívia a interromperam quase ao mesmo tempo.

— Pensando melhor, mocinho, se prometer ajudar na arrumação dessa bagunça, cancelo a expulsão. Até porque precisaremos somar forças para enfrentar aquele cretino financista e resolver o mistério da finada! Pelo jeito, você é bom nisso.

— Topo qualquer coisa, desde que não conte nada para a minha mãe sobre...

A mulher assentiu com um movimento do queixo.

As meninas se alvoroçaram em festa.

Edgar e Táta baixaram as vistas.

Lívia apertou a mão de Léo.

A turma fez silêncio, à espera da grande revelação.

— A Gê disse que escondeu um tesouro no casario. Se for verdade, o ouro salvaria a pátria.

Léo parou de respirar. Talvez fosse esse o motivo da espionagem. Aquela história ficava, cada dia, mais misteriosa. Mas, já haviam revirado todos os cômodos. Se houvesse algo valioso escondido, teriam achado. Bom. Faltou cavoucar o quintal. Ou a falecida era biruta? Apostava as fichas numa caça ao tesouro ou pensava noutra solução? Ei! É isso! Claro! O Sapo não pretendia construir nenhum hotel, apenas derrubaria a casa bicentenária em busca da fortuna...

Capítulo 17

Ao finalizar a arrumação, percebeu-se sozinho. Caminhou até a entrada da sala principal e soltou um "Olá!". Nenhuma resposta. Gritou de novo. Silêncio. Empurrou a porta e entrou. O vento batia as janelas. Um barulho fora de ritmo deixava a coisa mais assustadora. O lugar parecia mal-assombrado. O ar cheirava esquisito. Coçou o canto da testa. Onde foi parar a turma? Ainda tinha que ensaiar. Só o povo na praça impediria a demolição.

Os sofás tinham novo arranjo. O interior em nada lembrava a confusão de horas antes. Só a estante da TV continuava fora do lugar.

Seguiu a caminhar na ponta dos pés.

Os encostos dos sofás ganharam uma plateia avatar feita com rostos humanos recortados de revistas. Aquilo só podia ser coisa da Lívia. No mais, nem sinal de viva alma.

Nisso, um grito incompreensível.

A respiração perdeu o compasso. Conferiu o entorno: a turma surgiu no corredor.

Risadas.

Tal fosse combinado, Mama Terê apareceu à porta da eira batendo massa de bolo numa tigela esmaltada. Eis a causa do barulho fora de ritmo.

— Pegamos você! — A voz de Lívia se sobressaiu às demais.

— Por que fizeram isso?

— Pura brincadeira! — Lívia riu.

Mama passou no meio deles a caminho da cozinha.

— Vamos começar o ensaio, gente! — Bigben pegou o violão.

Rafa o seguia, talvez, por causa do instrumento.

Léo remexeu os ombros.

Lívia conduziu o ensaio.

Júlia e Bia, às vezes, soltavam palpites.

Bigben experimentava acordes. O garoto tocava bem.

Mama Terê atravessou a sala e sentou-se no canto de um dos sofás. Cruzou as mãos sobre o livro escuro acomodado no colo. Parecia feliz por ver o esforço dos filhos para salvar o abrigo. Às vezes, vigiava o relógio de pulso. Tempos depois, sumiu de novo na direção da cozinha.

A turma se arriscou à capela, mas saiu muito desafinado. Tipo uma caixa de abelhas.

Bia cantava direitinho.

Lívia cochichou:

– Vai melhorar, viu! Os primeiros ensaios são sempre terríveis!

– Tomara. Tomara. – Valente pulou no colo dele.

Mama voltou com um bolo quentinho.

Para quem, há poucos dias, não conhecia ninguém, agora tinha uma turma enorme de amigos. Depositou Valente no piso. E mais uma vez, flagrou Lívia a lhe observar de canto de olho.

De repente, batidas na porta.

O cachorro rosnou.

Táta abriu uma greta na janela e fez cara feia.

Big e Edgar se levantaram.

As meninas disputaram espaço para espiar também na greta da janela.

Mama Terê pegou o tal livro escuro.

O príncipe loiro, enfim, anunciou o misterioso visitante:

– É o Sapo bochechudo!

Léo espiou pela greta da janela. O motorista do vilão descia da boleia de uma caminhonete, com a carroceria carregada de cadeiras, mesas e um armário de aço. Massageou o maxilar. Pensou em sugerir que não o recebessem, mas preferiu ficar calado. Afinal, aquela não era a sua casa. Porém, qual seria o propósito de tantos móveis? Escondia-se para não ver o rosto repugnante do infeliz? Ou o enfrentava cara a cara? Achou melhor ficar.

As batidas retornaram ainda mais fortes.

★

Bastou Mama Terê remexer o queixo para a fechadura ser destrancada.

Caramba! Preciso fazê-lo se arrepender de entrar aqui, do contrário, pode desanimar os meninos. Léo esfregou as mãos. O motorista musculoso descarregava os móveis na calçada. Torceu o nariz. Doação? Muito pouco provável.

Daí, o Sapo invadiu a sala. Tinha o semblante moldado para o deboche. Expiou o quarto lateral ainda meio revirado por causa da procura de pistas sobre o Tiradentes e coaxou:

– Pelo visto, já começaram a mudança. Isso é muito bom! – O ordinário nem se deu o trabalho de dizer "boa noite".

Valente se enfiou debaixo do sofá e seguiu a rosnar.

— Muito bem! A partir de hoje, usarei o quarto da frente como escritório da futura obra. — Exibiu uma fileira de dentes que ia de orelha a orelha.

"Canalha atrevido!" Léo mordeu o lábio. Nada disso. A manobra era um ataque direto ao entusiasmo do pessoal. Pura guerra psicológica.

Bia ameaçou falar, mas Júlia não permitiu.

— Nossa! O casario é de estilo barroco! — Exclamou o mesmo homem magro do episódio do banho de lama. Entrou atrás do Paquiderme miserável. Pelo menos foi mais educado e cumprimentou os presentes.

Táta resmungou:

— Onde vou dormir?

— Vocês precisam expulsá-lo. Ou a batalha estará perdida. Imaginem ele entrando e saindo daqui a qualquer hora. Já trouxe os móveis. Ele joga sujo. — Cochichou ao ouvido de Lívia.

A menina repassou o recado, como numa brincadeira de telefone sem fio.

O Sapo virou para o tal homem da fita métrica:

— Deixe de papo e comece a trabalhar.

O homenzinho entrou no cômodo da frente.

Lívia retornou:

— Perguntaram como farão para expulsá-lo?

Léo coçou atrás da orelha ainda assustado, pois Mama Terê nada argumentou contra o anúncio absurdo, apenas apertou o livro contra o corpo.

Enquanto isso, o Paquiderme espiou o quarto:

— Servirá como uma luva! — A voz tinha um filamento de desafio.

Os meninos cerraram os punhos.

Léo sinalizou para que a turma se aproximasse e cochichou:

— Pessoal, o desmoralizem. Falem do banho de lama, da sua barriga gigante, da sua cara de broa. Debochem do cretino. Ele não pode se instalar aqui. Será o fim da nossa luta!

Nisso, o intruso provocou:

— Em breve, esse local não passará de um campo de terra vermelha. Então, farei uma enorme poça. Aí, esses pestinhas verão como se faz lama de verdade! — As bochechas tremiam.

Léo beliscou a costela de quem conseguiu alcançar:

— Vai, gente! Revide! Eis o momento.

O menino loiro gritou:

– Aí o senhor tomará banhos refrescantes todos os dias?

Risos e gargalhadas.

– Por certo, gostou do sabonete líquido de ontem! – Edgar acrescentou.

Mais risadas.

Mama Terê tapou a boca.

– Então, sou um porco! É isso? – O invasor reorganizou as linhas do rosto.

Léo cochichou para a turma:

– Ataquem! Provoquem o cretino!

– Sapos Gordos também gostam de lama. – Bigben mediu o visitante de cima a baixo.

– Esse bolo fofo teve a audácia de me chamar de gordo. Deve ser piada ou não usa espelho. Se enxergue, garoto!

– Veja lá como fala com meus filhos. – Mama Terê levou as mãos à cintura.

Léo vibrou.

Mama prosseguiu:

– Quer saber? – Segurou o tal livro escuro com as duas mãos e o balançou – Nunca me arrependi de expulsá-lo desse abrigo. Continua mal-educado e desobediente. Favor me respeitar!

– A senhora não me respeitou na infância.

– O mesmo pirracento de sempre...

– Você tirou o Tonico de mim!

– Meninos não brincam com bonecas!

– Ele tinha o cheiro da minha mãe. Da minha mãe! E a senhora o jogou fora! Eis o motivo de minha raiva e da minha vingança! – O Paquiderme bateu as duas mãos contra o peito, enquanto esparramava saliva venenosa em todas as direções.

*

A traumática história do boneco Tonico deixou Léo sem ação. *Se esse maluco ganhar, o que será daquelas crianças? O que será de mim?*

Daí, o Sapo Gordo reorganizou o semblante animalesco:

– Vingarei o sumiço do Tonico nessas paredes. Esse casario maldito me traz más recordações. Não posso mais sentir o cheiro da minha mãe. A senhora destruiu o Tonico!

Mama remexeu o livro escuro na altura da barriga.

Léo lembrou da dica número seis e gritou:

– Covarde! Covarde! Experimente brigar com alguém de seu tamanho!

Capítulo 17

– Rua, cretino! – Edgar apontou a porta.

Então a turma soltou uma saraivada de exclamações:

– Sapo gordo!

–Vaza, sapão!

– Rolha de poço!

– Rolha de cisterna! – Big exibiu passos de dança onde sacolejava os braços ora para esquerda, ora para a direita.

– Baleia assassina!

– Sapo sardento!

– Pan-ça-de-bar-ril! – Lívia ainda mostrou a língua.

– Barrigudo! – Bigben repetia a coreografia engraçada.

Então, a turma inteira copiou os passinhos.

– Parem! Parem! – O homem poderoso fez a besteira de apertar o ombro de Rafa.

O garoto autista deu um murro bem no meio da sua barrigona do atrevido.

– Pestinha! – O encrenqueiro ameaçou partir para cima do garoto.

– Não ouse! – Mama Terê elevou o livro escuro com as duas mãos, pronto a usá-lo como porrete.

A dança parou.

Léo abriu a porta da frente.

Lívia correu na direção contrária e aferrolhou a porta da eira.

Bia fechou a saída do corredor com o próprio corpo.

– Fora! Fora daqui! – Mama Terê apontou a rua.

– Não me jogará no lixo como fez com o Tonico! – O cretino ameaçou.

– Romário, não tem pena dessas crianças? – Mama suplicou.

– Arrumarão outro lugar, horrível e superlotado. Foi assim comigo e sobrevivi.

Os adolescentes fizeram caretas.

Valente saiu de debaixo do sofá e rosnou.

O sujeito berrou:

– Peeedro!

Burrice a minha abrir a porta. Ia fechá-la quando o motorista entrou na sala num pulo. A turma cerrou os punhos. Gritava por socorro? Ajudava a enfrentar o inimigo comum? Preferiu aguardar o desfecho dos acontecimentos.

★

Os invasores precisavam sair ou aquele bate-boca se transformaria numa guerra. Se a mãe sonhasse...

Mama Terê tomou a frente:

— Se agredirem meus filhos, chamarei a polícia!

O Sapo bufou. O motorista fez cara feia para Bigben. Já o homem da fita métrica saiu de fininho.

— Fora! Vaza, tiozão! — Táta apontou a praça com os dois braços.

— Júlia, busque o pote de sal. Tem um sapo teimoso aqui na sala. — Edgar falou grosso.

A menina sumiu na direção da cozinha.

O Paquiderme remexeu os lábios:

— Agora é pessoal! Esse desaforo não ficará de graça. No dia 21 de abril, ao meio-dia, os meus tratores não deixarão pedra sobre pedra. Em pouco tempo, ninguém se lembrará desse abrigo e muito menos de seus moradores estúpidos. No lugar, construirei uma imponente torre de vidro, visível a quilômetros. O Tonico Palace será o hotel mais luxuoso da região.

Nisso, Júlia chegou e jogou um punhado de sal no maldito intruso.

Os adolescentes gargalharam.

— Não me importo com seus planos idiotas ou com o desprezo de vocês. Já venci! — Deu as costas e saiu. O motorista foi atrás.

Mama Terê desabou no sofá. A turma se abraçou. O tom de voz do cretino prepotente fora assustador. Como podia ser tão insensível? Pelo menos, foi embora. Mas, não haviam ganho a luta. Como sete adolescentes venceriam aquela guerra? Acompanhou o inimigo através da abertura da porta.

O almofadinha pegou um táxi.

Trancou a fechadura, colou as costas na porta e pensou: Tonico Palace, nome mais estranho.

Capítulo 18

— Animem-se. Não entrem no jogo daquele idiota. Essa coisa de montar escritório tinha a intenção de balançar nossa confiança. Se cairmos nessa, já foi!

— Que cara é essa, Leonardo? — Lívia falou.

— Será mais uma ideia maluca? — Edgar abriu os braços.

— A coisa do Tonico é verdade?

Mama massageou o rosto até parar no queixo:

— Pra mim, o Tonico sempre foi uma boneca vestida de jardineira azul e blusa vermelha. O Romarinho a carregava para todo lado. Dormiam abraçados. Não sabia dessa coisa do cheiro da mãe. Se for verdade, pisei feio na bola!

— Pois é! Se fizessem isso com minha boneca preferida, derrubaria o mundo também. — Júlia murmurou.

— A senhora jogou água fora da bacia. — Bia murmurou.

— O que foi feito do Tonico afinal? — Táta abriu os braços.

— Guardei. Guardei tão bem guardado que esqueci onde. A minha cabeça anda ruim.

Bia entrelaçou os dedos na nuca:

— E agora?

Mama ajeitou os cabelos.

— Tamanho aperto por causa de um boneco de pano! Nem dá pra acreditar. — Edgar mordeu o dedão.

— Traumas de criança são terríveis. Vocês podiam parar de pedir para eu calar a boca. Posso enlouquecer no futuro. — O príncipe loiro fez cara de bolinho de chuva.

— Ei! Gente! O Sapo falou algo muito interessante — Léo retornou.

— Vá lá, diga! — Bia pressionou a bochecha com o punho.

— Sobre não se importar com nossos planos! Então, sabe do tombamento, do manifesto, do Tiradentes?

— Se sabe, quem contou? — Bia lançou a pergunta ao vento.

— Não sei. Aí que tá!

— Os espiões! Sempre havia um à nossa volta. O nanico foi quem ouviu mais... – Táta cerrou os punhos – Bem que quis torturá-lo até arrancar toda a verdade.

— Mesmo assim, não está tão confiante. Do contrário, não teria vindo fazer tanta pressão. Talvez não queira construir nenhum hotel.

— Como assim? Não entendi – Lívia quase gritou.

— Fale baixo. O motorista pode ouvir. – Léo cochichou.

Júlia espiou pela greta da janela e confirmou a presença do inimigo nas proximidades.

— Então, ele não vai derrubará o casario? – Bia falou.

— Não disse isso. Talvez derrube sim, mas, para procurar pelo tesouro.

— Safado! – Táta socou as mãos.

— Tesouro! Isso é lenda! – Edgar embolou as palavras.

— Ed tem razão. Reviramos tudo e nada. – Júlia choramingou.

— Acho essa hipótese dourada a maior viagem! – Big abriu os braços.

— Tá! O que a gente faz, então? – Lívia perguntou.

— Precisamos impedir a demolição no dia 21, ao meio-dia. Do contrário, ficarão sem casa. – Léo elevou o tom de voz.

— Furar o pneu do trator? E se for de esteira? – Edgar exibiu o semblante pessimista de novo.

Valente sentou nas patas traseiras.

— Somos apenas um bando de órfãos. – Júlia fez biquinho.

— Mama, diga qualquer coisa! – Ed olhou na direção dela.

— O garoto tem razão: lotar a praça no dia 21! É nossa única chance.

— Isso! A multidão impedirá a demolição. O Sapo Gordo não seria louco de passar o trator em cima das pessoas. – Léo grunhiu.

— O Romário é poderoso. Pode contratar caminhões pipa e expulsar os manifestantes com jatos d'água! Igual passa no jornal da TV! Se também tivéssemos um caminhão pipa, a gente travaria uma batalha bem molhada. – Táta chutou a porta.

— Cale a boca! – Apenas a Lívia protestou.

— Juntos, podemos mais! – Léo levantou os braços.

— Beleza. Se a concentração funcionar, o abrigo estará salvo por quantas horas, dias? – Edgar jogou água fria na fervura.

— Não sei! Não sei! – Léo falou rápido.

— E se der zebra igual à procura pela pista do Tiradentes? E se não existir nenhum tesouro? – Edgar insistiu.

Capítulo 18

Com exceção de Lívia e da Mama, o restante assistia ao debate entre os dois sem tomar partido.

Rafa corria pela sala como se tivesse um aviãozinho imaginário numa das mãos.

– Se, pelo menos, a gente encontrasse o Tonico... Como fui esquecer onde guardei aquela porcaria.

– O negócio é encher a praça de gente no dia 21. – Léo falou firme.

A turma fazia cara de criança que deixou o sorvete cair no chão. Edgar se levantou, abriu os braços e trovejou as palavras:

– Gente, acorda! E se não vier ninguém nessa droga de concentração?

Capítulo 19

A dois dias da demolição.
Dia seguinte, fim de tarde, depois das aulas.

Chegou sorridente para participar do primeiro manifesto. Quanto mais panfletos distribuíssem, maior a chance de lotar a praça. Assim salvaria o abrigo e a própria pele. Do contrário, seria o fim da esperança.

Fariam o primeiro ato em frente ao casario, depois se aventurariam em outras partes do centro. No fim da noite, todos voltariam felizes. Não tinha como errar.

– Só oito curtidas! Nenhuma confirmação de presença. – Lívia mostrou para Léo, na tela do celular, a publicação do convite para o evento de 21 de abril, numa rede social.

– Há quanto tempo você publicou?

– Há cerca de duas horas. – Passou a ponta do dedo nas sobrancelhas.

– Vai bombar!

– Tomara! Tomara! – A garota cerrou os punhos.

– Nos seus lugares! Já vai escurecer. – Táta gritou.

– Cantaremos no escuro se for preciso. – Léo sorriu.

– Pessoal, podem ir na frente. Irei *já-já*. – Edgar passou por eles com uma escada nas costas. Táta foi junto e o ajudou a pendurar a faixa de pano na entrada do casario com o lema da campanha: AJUDEM A SALVAR O ABRIGO DE MAMA TERÊ!

Tentou imaginar o letreiro luminoso Tonico Palace Hotel na fachada do moderno prédio que o Sapo Gordo pretendia construir. Aquilo só podia ser loucura. Sentiu um puxão no cotovelo direito. Virou:

Lívia tinha a expressão aflita.

– A coisa degringolou...

– Qual foi?

– Big arregou. Sem ele ao violão, os nossos manifestos perderão força. – Depois, apontou o irmão gorducho adiante, sentado num banco da praça.

Capítulo 19

Léo caminhou e alcançou o desistente. A garota correu atrás.

— Brô?

— Cara, estou nervoso pra caramba, não vai dar! Não conseguirei tocar desse jeito. É por causa da dança. O povo vai rir da minha gordura, da minha pança enorme balançando igual à gelatina. Joguei a toalha, pendurei a chuteira. Foi mal.

— Então, não dance!

— Desanimei geral.

— O que mais você deseja?

— Salvar o abrigo. Droga! — Lágrimas escorreram.

— Vale a pena o sacrifício? — Léo flexionou os joelhos.

O garoto reconheceu a grandeza da ação. Mas, o problema residia no risco de levar caçoadas. Não queria ficar traumatizado igual ao Sapo Gordo. Essas coisas nos marcam negativamente pelo resto da vida. O casario será demolido porque a Mama sumiu com um boneco de pano.

— Big, preste atenção: se as pessoas rirem, melhor!

— Tá doido! Não vou participar dessa droga de jeito nenhum!

Lívia sapateou.

— Idade louca essa, sempre se é criança de menos e adulto de mais. — O grandalhão passou as mãos pelo rosto.

— Cara! Essas manifestações precisam ser engraçadas.

— Como assim? — O garoto apoiou o queixo nas mãos.

Léo explicou que, do contrário, ninguém daria bola para o convite e o panfleto viraria papel amarrotado nas lixeiras. Precisavam lotar a praça no feriado, ao meio-dia. Aí, sim, ririam por último do Sapão. De nada adiantará seus tratores, caminhões e todo o dinheiro do vilão. O povo não permitiria a derrubada do casario! Juntos, podiam mais!

— Eis a mágica: eu te ajudo, você me ajuda, o mundo muda. — Lívia sorriu.

— Sem você e seu violão, o manifesto ficará manco! — Léo falou.

— Brô, tô fora! Lamento do fundo da alma. Fui!

★

Léo segurou os ombros do grandalhão. Não podia deixá-lo ir. Aquela desistência contaminaria os outros. Podia ocorrer uma demandada. Aí, não salvaria o abrigo e nem a si próprio. Onde foi se meter...

— Isso é palhaçada, viu! Palhaçada da grossa! — Lívia bronqueou.

— Ei! Pega leve com o Big. Já arrumei outra pessoa para tocar o violão.

– Quem? – O garoto levantou as sobrancelhas.

– Como é que é? – A menina arregalou os olhos.

– O palhaço Bolacha!

– Bolacha? – Big fez cara feia.

Léo virou para Lívia.

– Você consegue fazer maquiagem de palhaço?

A menina sorriu, por certo, entendeu o esquema, pois quase enfiou o rosto dentro da bolsa de pano a tiracolo e voltou com a concha das mãos cheia de papel crepom, bolinhas de isopor, um rolo de cordão, potes de tinta guache. Por fim, sacou um estojo de maquiagem ...

– Palhaço? Eu? Sai fora!

– Pense! Ninguém reconhecerá você de cara pintada.

– Pulei de banda, véio! – O grandalhão cruzou os braços.

Lívia se agachou, arrumou seus apetrechos sobre o banco de cimento e disse:

– Maninho, e se fizesse algo parecido no rosto de todos?

Bigben franziu a testa e riu.

– Bom, por outro lado, será bem louco testemunhar os machões Ed e Táta maquiados!

Léo pulou feito louco. Depois, respirou fundo várias vezes. Enquanto o ex-desistente passava pela transformação, vigiou em volta e sorriu ao ver a Mama distribuir velas vestidas com copos descartáveis coloridos: teriam um belo efeito luminoso. O pequeno príncipe vendia limonada. Na parte de baixo da mesa, um cartaz explicava que o dinheiro arrecadado cobriria as despesas dos manifestos.

Minutos depois, a turma se esparramou e começou a cantar a música *Amigos para Sempre*, como se fossem um coral. As velas acesas e os rostos manchados com purpurina chamavam a atenção dos passantes.

Já o palhaço Bolacha abusou das reboladas. Levava jeito para fazer os outros rirem.

Júlia e Bia distribuíam os panfletos. Vestiam camisetas brancas onde escreveram com os dedos embebidos em tinta guache o lema: SALVEM O ABRIGO DE MAMA TERÊ!

Valente desfilava entre as pessoas, vestindo a camiseta da campanha.

Capítulo 19

O panfleto dizia:

> **Venha participar do ato público contra a
> derrubada do casario da Praça Tiradentes,
> Abrigo de Crianças de Mama Terê.
> Juntos, venceremos os tratores!
> Traga uma flor e muito amor.
> Dia 21 de abril, 11h.**

De repente, Júlia gritou:
— Socorro! Socorro!

Virou. A menina caída no chão. Adiante, alguém fugia com maços de panfletos na direção do largo da catedral. Táta e Valente correram atrás do sujeito até o limite da praça.

Léo desconfiou que o ladrão fosse o Sardinha, apesar do capuz cobrindo parte do rosto. Quem mais teria aquele narigão? Fez sinal para que a turma continuasse a cantar, mas, ninguém obedeceu. Droga. Edgar ameaçou correr atrás do agressor, mas, preferiu ajudar no cuidado da irmã mais nova. Mama abandonou o inseparável livro escuro no chão para examinar a filha. O pressentimento ruim piorou ao perceber, na fachada do casario, a faixa reduzida a frangalhos e a mesa de limonada revirada. Aquele triplo ataque só podia ter o dedo do Sapo Demolidor. E se os inimigos juntaram as forças... Sem o Tiradentes, sem o tesouro da Velha Gertrudes, sem a concentração do dia 21, perderiam a guerra. Pior, pelo jeito, não fariam os demais manifestos programados para aquela noite. Caramba! Restava voltar nada feliz para casa e tentar dormir.

Capítulo 20

Entrou no apartamento ávido pelo escuro do quarto. Não via a hora de se jogar na cama para não enlouquecer. A droga do dia seguinte seria melhor. Haveria tempo para outros manifestos? As tentativas de ajudar a turma não davam certo. Desse jeito, o céu nunca se abriria e o pai não voltaria tão cedo. Podia tanto dormir rápido e sonhar com um amanhã melhor... Os pensamentos viraram pó ao levantar a vista.

– Mãe... e essas caixas de papelão?

A mulher flexionou as olheiras antes de responder. Parecia ter chorado muito.

– Estamos de mudança, filho!

– Mudança? Sério?

– Sim! Sinto muito. – Ela fungou o nariz.

– Pra onde? – A barriga esfriou, pois já sabia a resposta.

– Para a casa de sua avó Lindaura, ora!

A simples menção trouxe à lembrança o sabor das colheradas de óleo de fígado de bacalhau, do café ralo e amargo, da comida insossa. Ela descobriu sobre o Piranha? Qual a razão das lágrimas? Aproximou-se:

– Quanto ao emprego?

– Fui demitida!

– Como assim? Mal começou.

– O meu chefe perguntou se conhecia o Lar de Crianças de Mama Terê. Expliquei que você e os órfãos tentavam impedir que um certo Sapo Barrigudo derrubasse o abrigo...

O rosto começou a tremer sem que pudesse controlar. Já imaginava o restante daquela história. Pela porta aberta do quarto, avistou a cama. Naquela noite, não pregaria os olhos.

Então, ela completou que o Seu Romário, o maior cliente do escritório, ameaçou tirar a carteira de serviços se não fosse demitida. E, ainda, os colegas aconselharam a mudança de cidade, pois a influência do sujeito era imensa na região.

Capítulo 20

Canalha! Imbecil! Covarde! Dá pra acreditar numa droga dessas? Sentou na poltrona e a abraçou de lado.

— Como você não gosta daqui, melhor voltarmos para onde nunca deveríamos ter saído. Ficaremos um tempo na casa de mamãe até encontrar outro lugar. Bom, antes precisarei descolar um novo trampo. Será osso, no meio dessa crise. Viver é arriscado. — Começou a chorar.

— Esse idiota ainda vai pagar por tanta maldade.

— Filho, guarde essa lição revoltante: às vezes, os imbecis ganham...

— Não é justo! Não posso me mudar agora. Tem o abrigo... Tem a Li...

— Falei desde o início. Ajude-os com uma ideia. Tenho sexto sentido para farejar problema. Esse Seu Romário é um monstro! Aliás, esse problema da demolição não é seu. Cada qual com sua sina! Já fez além da conta. Se ao menos seu pai estivesse aqui...

— Cadê ele? Por que não manda notícias? — Metralhou aquelas palavras.

Ângela acomodou mechas de cabelo atrás das orelhas. Depois entrelaçou os dedos como se fosse rezar:

— Posso explicar isso outro dia? O mundo dos adultos é muito complicado...

Apontou as caixas de papelão num canto e sugeriu que pensasse numa super ideia para salvá-los.

Veio uma vontade de chorar.

— É apenas o fim de um ciclo, filho! Amanhã, irei atrás do caminhão de mudança! — Ela lhe afagou o ombro.

Léo pegou algumas caixas e foi para o quarto, onde chorou em silêncio. O Sapo bochechudo tinha ido longe demais. Também ficariam sem teto. A mãe escondia algo a respeito do pai. Não devia ser tão grave, pois notícias ruins chegam rápido. Através da janela, admirou a cidade reluzente. Massageou o rosto. Não podia abandonar os amigos. Decidiu continuar a chorar sem fazer barulho.

Por fim, destravou o telefone, abriu a tela do evento SALVEM O ABRIGO DE MAMA TERÊ postado numa rede social e deixou o dedo trêmulo sobre o convite. Ia apertar a alternativa *TALVEZ*, mas aí a bateria do aparelho acabou. Caraca!

A cada instante, acumulava mais raiva. Não queria sentir aquilo, mas o sentimento era involuntário. A certeza: não dormiria nada.

Capítulo 21

A um dia da demolição, sábado de manhã.

Entrou no casario num pulo. Talvez o motivo da mensagem da Lívia "*Venha rápido! Corre! É super importante!*" pudesse salvar o abrigo e o emprego da mãe. De jeito nenhum queria voltar para a capital. Avistou a turma reunida na eira, sentados em baquetas. Pareciam nervosos.

– O que aconteceu?

– Cara, há pouco o Rafa parecia enlouquecido. – O pequeno príncipe apontou o irmão autista.

– Isso é o motivo daquela mensagem urgente?

– O Rafa sapateava no quarto dos fundos. – Ed apontou a ermo.

– Tá. Tá!

– Gostou do veneno? Do suspense? Você faz isso com a gente sempre. – Bia sorriu.

– Daí, descobrimos uma coisa muito louca: o piso do último quarto é oco! – Júlia embolou as palavras da última frase.

– Oco? Como assim? – Léo passeou as mãos pela testa.

– Imaginei um porão, contudo, não há entrada nem por dentro, nem aqui fora. Por isso, precisei chamar as pressas o garoto mais inteligente do mundo. – Lívia sorriu.

Os internos completaram a explicação com frases soltas e curtas:

– Só tem parede!

– Não faz sentido!

– Deve ter alguma passagem secreta!

– Restou o mistério!

Léo apalpou as paredes externas no rumo indicado.

A turma o acompanhou de perto.

Sem chegar a nenhuma conclusão, reparou um cercadinho no fundo do quintal, ao lado do limoeiro.

Capítulo 21

— O que é aquilo?

— Um ce-mi-té-rio mal as-som-bra-do! — Táta interpretou um fantasma.

— Cara, não é hora de fazer graça. Por isso, todo mundo zoa você. Manda um papo reto! — Agitou os braços.

— Pode crê, Brô! Ali é o cemitério dos gatos da Lady Gaga Gertrudes!

Os demais confirmaram com acenos.

Coçou o queixo e pensou. Nove lápides de pedra, nove estátuas de gatos assentados nas patas traseiras, em cada túmulo constava a data de nascimento e morte do bicho. Isso, no fundo do quintal. Chegava a ser sinistro. O cérebro entrou em parafuso.

— Tudo bem com você? — Júlia o cutucou.

Nem fez conta dela. Caminhou, pulou a cerca, agachou atrás de uma das estátuas e espiou a direção em que os gatos de pedra olhavam.

As meninas também o acompanharam.

— Curioso! Todos os bichanos olham para aquele canto. — Apontou para o fundo da casa, tomado por plantas trepadeiras que subiam até o telhado.

Os adolescentes exibiram caras de quem *não entendeu nada*.

Lívia se abaixou atrás de outra estátua e confirmou:

— É mesmo! Ele tem razão! Por que só você enxerga essas coisas? Uau! — Bateu palmas. Em seguida, sacou o telefone do bolso e se afastou.

Sem perder tempo, Big arrancou a vegetação do lugar com as mãos e descobriu uma grade de ripas, bem na junção da parede com o muro do quintal. À margem do alicerce, surgiu uma estreita calçadinha de pedra.

Edgar ajudava o irmão no trabalho cuidadoso de retirar os ramos espinhentos. Ao encontrar um tampão de tábuas pintado na mesma cor da parede, gritou:

— Vejam isso! É oco! É oco! Acho que a casa tem um porão e a gente nem desconfiava.

A turma se aproximou.

— Têm dobradiças e fechadura! É uma portinha! — Júlia escorreu as mãos pelo rosto.

— Achamos o tesouro! Achamos! — Táta pulou.

Um coro sussurrou:

— Fale baixo, imbecil!

Barulho de passos.

Léo vigiou em volta.

Lívia descia a escadinha que ligava a cozinha ao quintal. Então, sorriu, aparentemente atrapalhada e explicou:

— Fui buscar velas e fósforos! — Apontou o volume no bolso da calça *jeans*.

Todas as atenções voltaram para a porta minúscula.

— Tá trancada! O jeito é arrombar. — Bigben puxou a maçaneta, fez força e cara feia, estalos de madeira quebrando... Puf!

A turma se amontou na entrada.

Entre os ombros dos amigos, Léo espiou a penumbra. Um porão feito para anões. Riu do pensamento idiota.

Táta, por ser o mais baixinho, foi o primeiro a entrar. Daí, gritou lá de dentro:

— Que droga é essa?

Princípio de tumulto, empurra-empurra. Léo entrou por último. Prendeu o fôlego. Nem sinal de baús ou potes cheios de ouro. Cadê o tesouro da velha Gertrudes? Mais uma vez a ver navios? Após tanto trabalho, não encontrariam nada? O garoto loiro gritara à toa? Tentou identificar algo de aproveitável. Quem sabe o boneco Tonico estivesse ali em algum cantinho. Mas, *nada* lhe chamou a atenção, além do cheiro forte de mofo e poeira. Pronto, no dia seguinte, com certeza, todos estariam com a garganta inflamada.

*

Protegeu o nariz com a gola da camisa. Reparou o interior com mais cuidado. Se existia mesmo um tesouro, precisava encontrá-lo. Não havia tempo para recomeçarem uma nova estratégia do zero.

— Afinal, por que você gritou, seu imbecil? — Lívia fez a pergunta que, por certo, todos se faziam.

— Ora! Aqui dentro fede pra caramba! Então, me lembrei da minha última namorada.

Risos.

— Idiota! Você nunca namorou. — Bia riu.

— Maninho, você só fala besteira mesmo. — Lívia riscou um palito de fósforo e acendeu uma vela.

Parte da turma curvava o tronco para não bater a cabeça no teto.

Não carecia ser gênio para deduzir que o lugar estava fechado há muitos anos. Camadas grossas de poeira cobriam uma mesinha, a estante de madeira, várias grades de refrigerantes de marcas desconhecidas e dezenas de garrafas escuras. O casario já devia ter sido um armazém de secos e molhados. Ou mesmo, um bar.

De repente:

— Pessoal! Vejam o que encontrei! — O fanfarrão exibiu uma caixinha de madeira e um livro. Ante à fraca iluminação da vela, saiu para examinar melhor a descoberta.

Capítulo 21

Os adolescentes foram atrás.

Do lado de fora, Léo se juntou à roda de curiosos.

Táta estapeou um livro e fez surgir uma nuvem de poeira.

Tossiram baldes.

Edgar leu a inscrição da capa em voz alta:

"*Ordenações e Leis do Reino de Portugal Recopiladas per Mandado do Muito Católico e Poderoso Rei Dom Felipe.*"

– Que droga de livro é esse? Não entendi nada! – Bia ajeitou os cabelos.

– Deve ser muito antigo? Será que vale muito? – Ed passou-o adiante.

– Talvez o mapa do tesouro esteja aí dentro. – Júlia falou entredentes.

Big o virou de ponta cabeça:

– Aí! Tem nada de porcaria nenhuma dentro desse troço fedorento!

Resmungos.

– Melhor examinar a caixinha, então. – Léo sugeriu.

Lívia depositou o livro na calçada de pedra, enquanto o desbravador loiro abria a tal caixa. Dentro, um monte de papeis amarelados. Houve alvoroço. Cada um tirou uma folha para si.

– Não consigo ler nada! Que língua é essa? – Júlia murmurou.

– É português, tonta. – Bia caçoou.

– Ó! Pois leia pra gente, sabichona!

– A caligrafia é pior que a do Bigão. – Táta alfinetou.

– Tá louco, véio! A minha letra é ruim, mas não essa garrancheira dos diabos!

– Dá para entender algumas datas. Tipo: 1778. – Léo procurou a melhor posição da luz do sol.

A turma fez o mesmo.

Nisso, alguém limpou a garganta.

Espiou a retaguarda e sentiu um arrepio.

Parte dos órfãos virou também.

– Olá, meus pestinhas preferidos!

Estremeceu. O Sapo Gordo, o motorista e outro sujeito cabeludo surgiram do nada. Para a surpresa ficar ainda maior, o Piranha apareceu logo atrás e riu como quem ri por último. Em seguida, o Sardinha e o Bacalhau acenaram, antes de cruzar os braços e fecharem as caras. Confirmou-se a suspeita: os inimigos haviam unido forças. Imaginou que fossem lutar, mas Edgar não deu a ordem de formação de batalha. Pulava o muro e fugia com a caixinha e o resto dos papéis amarelados? Ou comandava ele mesmo o ataque? Duvidou da própria autoridade e da destreza de tentar a manobra com as mãos ocupadas. Os ombros caíram.

O Paquiderme esfregou as patinhas.

*

De queixo baixo, encarou o vilão. Se ele levasse aqueles papéis, talvez as provas da existência do tesouro ou do passado glorioso do casario se perderiam para sempre. Será mesmo que o local tinha ligação com o Tiradentes? Ou apenas assistia ao fim definitivo da porcaria do sonho de sete adolescentes e de um cãozinho nada valente? Bom. Nem sei se bicho sonha.

Por falar em cachorro, para não negar a lógica, ele se escondeu numa moita atrás do cemitério de gatos. "Grande ajuda."

O Paquiderme ordenou:

– Coloquem os celulares na calçadinha!

– Se a gente não fizer? – Táta falou grosso.

– Posso pedir de outro jeito menos carinhoso. – O motorista entrou na conversa.

A gangue riu.

Léo ora olhava para os bandidos, ora para os amigos. Com cuidado, tentava esconder a caixinha de madeira.

Edgar passava a língua entre os lábios. Talvez tramasse ordenar a formação de batalha. Em vez disso, foi o primeiro a depositar o aparelho na calçada. Os demais o acompanharam. Assim, em instantes, um montinho disforme surgiu ao lado da portinhola.

O Sapo Gordo coaxou grosso palavras incompreensíveis.

– Isso é invasão de propriedade! – Edgar protestou.

– Invasão? Como? Se a casa é minha! Ficou louco?

A gangue entrou no porão e colocou tudo para fora. Fizeram o serviço com a alegria estampada nos rostos. O Piranha, às vezes, esbarrava nas costas de Léo, com certeza, por pura picardia.

O Sapo recolheu o *Livro de Ordenações* e os papéis ilegíveis. Na sequência, canalizou a atenção para o Leonardo:

– Garoto imbecil. Dê-me logo a droga da caixa de madeira!

Respirou fundo. Nesse meio tempo, furtou um dos papéis e guardou no bolso do *jeans*.

O beiçudo berrou:

— Agora!

— Não! Não!

Piranha tomou a caixinha e entregou para o chefe. Tudo foi parar dentro de um saco plástico escuro.

O Paquiderme trovejou a nova ordem:

— Pirralhos! Para dentro! Meninas na frente, claro.

Léo imaginou que fossem lutar. De reação, apenas semblantes esmorecidos. A impotência lhe queimava a face.

— Andem! Ficaram surdos?

Sardinha apossou do saco plástico.

Bacalhau fez uma mesura para que as meninas entrassem primeiro.

O motorista e o sujeito cabeludo empurraram os meninos.

— O senhor não pode prender a gente aqui! — Léo protestou.

— Eu? Vocês entraram no porão por peraltice e a porta emperrou.

— Ordinário! Covarde!

— Aliás, garotinho, já arrumou suas malas?

Léo tremeu os punhos e entrou no porão.

— Aliás! Muito obrigado por me pouparem o trabalho de revirar o casario. — O cretino gargalhou.

— O que são esses papéis afinal? — Léo metralhou as palavras.

— Cinzas ao vento!

Novas gargalhadas.

A portinhola foi fechada com força.

Um furacão de coisas passou pela mente. Seguia preso, enquanto a história do casario virava cinzas. Talvez os papéis falassem do Tiradentes... Quem sabe o mapa do tesouro estivesse ali no meio? Acordou de seus pensamentos com o barulho de alguém a forçar a abertura da portinhola. Pelos grunhidos na escuridão, suspeitou de Bigben. Segundos depois, o silêncio imperou. Talvez a turma ainda não tivesse se dado conta da terrível realidade.

No fundo do bolso de trás da calça, apalpou o papelzinho que tirara da caixinha. Lívia acendeu de novo a vela. A luz trêmula deixou a situação mais sinistra. Como fugir dali? Suspirou. O cheiro de mofo e a falta de circulação de ar davam a sensação de terem sido enterrados vivos. Guardou aquele pensamento horrível para si. Sentiu vontade de chorar, mas precisava manter a calma.

Capítulo 22

Pronto. O porão se transformara num verdadeiro caixão funerário. Fugia ou...? Entre um arrepio e outro, tentou enxergar os companheiros de agonia na penumbra. Júlia e Bia choravam miúdo. Big sentou-se num caixote de bebidas. O príncipe loiro apoiava as mãos no teto. Lívia permanecia de cabeça baixa.

— Por que a gente não enfrentou o Sapo? — Léo quebrou o silêncio.

— É! Devíamos ter partido para luta! — Táta fez coro.

— Eram mais fortes. Além da derrota certa, as meninas poderiam se machucar. O pior, a surpresa não estava do nosso lado. — Edgar explicou. Depois, também tentou forçar a saída. Por fim, chutou a porta.

Com o tronco curvado, Léo reconheceu o óbvio:

— Ficaremos presos por um bom tempo.

— Tem o Rafa. Ele podia ajudar a gente. — Bia soltou a ideia.

Espiou por uma greta. O garotinho brincava debaixo do limoeiro. Mas, nem adianta pedir ajuda para um autista. Caramba.

Júlia reclamou de sede.

— Fomos enterrados vivos, isso sim! — Táta falou pausado.

— Cale essa boca! — Todos os demais gritaram.

— Tadeu tem razão dessa vez — Júlia choramingou. — Iremos morrer aqui!

Silêncio.

As retinas refletiam a luz da vela de um jeito sinistro.

Bigben murmurou o desejo de usar o banheiro.

Grunhidos:

— Agora, não! Por favor!

— Aguente firme aí!

— Ou morreremos asfixiados!

— Que merda!

Léo correu as mãos pelos cabelos e sussurrou um pedido de calma.

— Calma? O Bigão dá duas descargas na privada. Se fizer o número dois aqui, meu Deus! Morreremos da pior forma possível! — Bia falou rápido.

Capítulo 22

— Pessoal, tenham paciência. Daqui a pouco, a Mama salvará a gente. O Sapo Gordo só quer nos aterrorizar. Pura guerra psicológica.

— Pois conseguiu, Leonardo! Estou apavorada. – Júlia choramingou.

Bia começou a gaguejar: "Se, se, se..."

Ficou com aquele *se* no pensamento. Como odiava aquela palavra.

— A Tereza vai demorar! Tem sumido muito nesta última semana. – Bigben comentou. – Por falar nela, bateu a maior fome.

— O Sapo ter chegado de surpresa, derrubou a gente. Não há estratégia que salve. – Edgar desabafou.

Léo bateu palmas:

— Ei! É isso!

— Lá vem ele com mais ideias. – Táta estapeou o teto. – Ai, meu Deus!

— Vocês repararam o detalhe: o infeliz chegou bem na hora da descoberta do porão. Como soube?

— Talvez o maldito Piranha. Uniram-se para acabar conosco. – Táta falou entredentes. – Aquele espião nanico ouviu sobre o Tiradentes. Bem que quis torturar o tampinha, mas, ficaram com peninha. Aí o resultado!

As meninas se inquietaram.

Bigben improvisou uma banqueta com um caixote de madeira.

Léo soltou a bomba:

— Alguém nos traiu!

*

O silêncio tomou conta do porão de novo.

A questão de honra: não dava para prosseguir naquela luta sem descobrir quem era o *X9*.

— Ouviram? Há um maldito traidor no meio da gente!

— Tá louco? Quem de nós seria capaz disso? Apesar de não sermos irmãos de sangue, somos de coração! – Bigben abriu os braços.

Léo protegeu os olhos da luz da vela e assim pode encarar os presentes antes que perdesse o controle dos nervos:

— Droga! Alguém aqui dedurou!

Fora Lívia e Júlia, os demais se entreolharam.

Alguns murmúrios, tipo:

— Eu não fui.

— Nem eu.

— Foi você?

Lívia começou a chorar.

Táta tomou a vela dela e a colocou no piso, ao centro da roda.

Léo arrastou as mãos pelo rosto.

A tensão deixou o ar palpável.

Até que a Júlia fez a pergunta embaraçosa:

— Lívia! Lívia Kathleen! Você teve coragem de trair a gente?

Todos olharam para a menina.

Ela baixou a cabeça e cruzou os braços com força. Então chorou mais, aos soluços.

— Meu Deus! Não posso acreditar nisso! — Bia murmurou.

A acusada tremia.

— Lívia! Por que fez isso com a gente? Fale! — Júlia insistiu.

A confissão saiu numa voz gosmenta:

— Seu Romário me prometeu três coisas: banho de salão, roupas novas e óculos de armação colorida.

Táta tapou o rosto por um segundo.

— Para você, lealdade vale só isso? — Bia apertou as pálpebras.

— Uma *Best Friend Forever* jamais faria tamanha besteira! Esqueceu-se da nossa promessa eterna? — Júlia comprimia os cabelos atrás das orelhas.

— Queria me parecer com a Berenice! Droga! Pronto, falei!

Léo entrelaçava as mãos na nuca, quando Ed lhe afagou o ombro:

— Carinha! A profecia da Mama se cumpriu: você arrumou uma namorada loira e de olhos azuis. Os meus sinceros parabéns!

— Qual é? Não era você que achava a Berenice boboca? — Léo sussurrou o comentário.

Não houve resposta.

Bia o balançou e esclareceu a parada: a traidora se apaixonou por ele desde a invasão do casario! Sempre gostou de meninos magros, claros e de cabelos pretos. Foi dela a ideia da escolta, arranjou uniforme limpo no dia da guerra de lama, assumiu a defesa no dia da desastrosa procura de pistas do Tiradentes. Fez elogios tipo, garoto mais inteligente do mundo. Em troca de quê? Com a concorrência da Berê, cedo ou tarde, aquela bomba estouraria...

— Brô, ela já saiu do gol faz tempo, só falta você converter o pênalti. Meninas e essa bobeira de amor! — Táta virou para Lívia. — Acorda, maluca, você mora num orfanato. Ninguém quer a gente! Se liga!

— Cale essa droga de boca, Tadeu! — Bia gritou histérica.

— Não gosto que me chamem assim!

Capítulo 22

— Pois então pare de falar besteira, Tadeu! — Júlia beliscou o irmãozinho loiro.

Os dois se encararam.

Edgar entrou no meio e aliviou a tensão.

Lívia tapou o rosto e passou a chorar miúdo.

— Brô, seguinte, a traidora te ama! E eu, que não tenho nada a ver com esse enguiço, preso e roxo de vontade de ir ao banheiro. Que tal deixar isso pra depois e usar a sua inteligência pra tirar a gente daqui?

Léo massageou o rosto.

— Puxa! Trair para se parecer com a Berenice foi presepada. Logo aquelazinha! — Bia firmou as mãos no teto.

Murmúrios incompreensíveis.

Bigben reforçou a urgência para usar a privada.

— *Hello*! Aqui não tem banheiro! Arrolhe esse negócio aí! — Uma das garotas sugeriu.

—Vai dizer que seu intestino nunca ficou a ponto de explodir?

Outro momento de silêncio.

— O que você contou para o Sapo Gordo? — Táta fez a pergunta estratégica.

— Contei tudinho!

— Esclareça isso para gente! — Edgar acrescentou.

— Entreguei as datas e os horários de nossos manifestos, a maluquice de procurar pistas do Tiradentes, o tesouro da finada Gertrudes, todas as ideias do Leonardo. Tudo! Tudo! Por último, mandei mensagem avisando sobre a descoberta do porão. Pronto, falei. Droga! Droga!

— Ferrou! Já era! Moraremos olho da rua! — O pequeno príncipe se agachou ao estilo *Napoleão perdeu a guerra* e enterrou as mãos na cabeleira loira.

★

Caraca! Lívia entregara o ouro para o bandido. Com que ânimo lutaria daí em diante? O maior hiper mega ultra problema virou um nó. Quase impossível reverter aquela situação. Iria para a capital mesmo? Droga! Lembrou-se da traidora descendo a escadinha da cozinha. Deve ter sido nessa hora que revelou a descoberta do porão para o Sapo maldito.

— Perderei minha Mama! — Ainda agachado, Táta choramingou.

Léo tentou amenizar a frustração ao insistir na necessidade de lotar a praça, dia 21.

A turma o encarou tal dissesse: *troca essa música chata!*

A *X9* voltou a falar com a voz gosmenta:

— Não vai adiantar. O Seu Romário colocará um trator rente à fachada do casario logo pela manhã. Assim, no fim do prazo, mesmo se as pessoas encherem a praça, nada o impedirá de... desculpa! Fui burra! Hiper burra!

— Tipo isso, a gente tentava salvar o casario e você nos apunhava. — Táta ficou de pé — Pô! Fez merda! Ferrou todo mundo!

Lívia respirou fundo e falou rápido:

— Acordem! De uns dias pra cá, perdi a esperança de ganhar essa briga. Quis apenas aproveitar a oportunidade. Esqueci do talento do Leonardo para enxergar os detalhes despercebidos.

Ed elevou o dedo em riste:

— Acorde, você! O Sapo Gordo não cumprirá a promessa. O sujeito é o maior pilantra!

— Agora eu sei. A oferta me deixou cega. Reparem a droga do meu cabelo. Só queria ficar bonita. — Virou o rosto de lado.

— Puxa! Avacalhou a gente para conquistar o... — Bia o impediu o irmão loiro de terminar a frase.

— Cale essa matraca! — Lívia gritou. — Enfim compreendo a burrada que fiz. Se vocês resolverem nunca mais conversar comigo, entenderei. Traí a Mama também. — Desviou o rosto como se quisesse esconder o choro miúdo.

Arrepiou-se ao toque, do lado de fora, da música característica do celular que anunciava a chamada da leoa-mãe. Devia estar preocupada com a sua demora. Ou, talvez, tivesse conseguido o caminhão de mudança. Talvez... Talvez... A música parou. Voltou a atenção para a roda.

As garotas choravam em intensidades diferentes.

— Ai! Ai! Como dói! — Bigben gemia, a segurar a imensa barriga.

— O que fazer com a traidora? — Táta foi ríspido.

Léo apoiou as mãos nos joelhos. Como havia sido idiota ao ponto de não perceber o sentimento da Lívia? Por isso implicava tanto com a Berenice. Agora, trair os irmãos foi um golpe muito forte. Que fazer? Droga! Melhor não fazer nada...

Valente latiu do lado de fora.

*

Instantes depois.

Pensou em atraí-lo. Talvez o bicho, por sorte, derrubasse a escora. A cada segundo, o porão ficava mais quente, mais abafado e pior: irrespirável...

Assobiou, o chamou pelo nome, até o cachorro fungar próximo. Latia forte e arranhava a porta. Então, uma confusão de vozes passou a chamá-lo também.

Capítulo 22

O mascote farejou, chorou, em seguida, por mal dos pecados, se afastou.

Murmúrios e lamentos.

– E a se gente pedisse ajuda para o Rafa?

– Cara, a Bia já sugeriu isso. Ele é autista. Esqueceu? – Edgar socou o ar.

Léo voltou para a roda, andou de um lado para o outro. Suspirou. Por fim, disse:

– Pessoal! Se querem saber, acho que exageramos com a Lívia.

– Ela sim, exagerou! Abusou da nossa confiança. – Bia quase gritou.

– Pensem. Raciocinem. Fizemos uma tempestade num copo d'água. – De cócoras, tentou encarar cada um na penumbra.

– Tempestade? A cretina só acabou com todas as nossas chances de preservar o abrigo. Ela pisou feio no tomate. No popular: fez merda! – Táta falou grosso.

– Por causa dela, estamos presos nesse lugar quente e fedorento! – Júlia choramingou.

– Estou para derreter. – Bia balançou a blusa.

Léo beliscou o encontro das sobrancelhas. O abafamento trouxe a lembrança de quando esteve preso na caixa d'água da escola anterior.

Táta e Bia choramingaram sobre não terem onde dormir em breve.

– Turma, não consigo mais segurar! – Bigben se contorcia.

– Deixa de *show*! – Júlia ralhou.

Alguém murmurou sobre a demora da Mama.

– Ei! Quando ela souber dessa bomba... Imaginem! – Bia bateu a testa contra a parede.

Edgar assobiou chamando o cachorro. Não houve resposta.

– Pessoal, caiam na real! Acho que nós nos traímos! – Léo insistiu.

– Espere aí! Continua a defender essa fedelha? – O príncipe loiro protestou. – Como fica a nossa situação? Aliás, como não fica, né?

Lívia soluçava.

Edgar quase gritou:

– Ela está certa. Acreditaram mesmo na nossa vitória sobre o poder do dinheiro? Foi ilusão. Tola esperança. No fim, nada daria certo para crianças órfãs e pobres...

Valente voltou a latir.

– Não quis dizer isso! – Léo se levantou até encostar a cabeça no teto.

– O momento foi traidor. – Edgar acrescentou.

– Até você defenderá a traidora? – Bia gritou com o irmão mais velho.

— A ilusão de acreditar no impossível puxou nosso tapete. — Edgar sentou nos calcanhares.

— Não é bem isso! Escutem. O Sapo Gordo se aproveitou da fragilidade dela...

— Então você também trairia a gente? É isso? — Táta lançou a questão áspera.

Léo gaguejou.

— Nem mesmo para salvar o seu pai preso como imigrante ilegal? Pois para mim, o seu velho tá enjaulado! — A voz do garoto loiro tinha um filamento de raiva.

Deixou os braços caírem. Tapou os olhos, depois massageou a nuca. Não havia pensado naquela hipótese. Eis a verdade que a mãe tanto escondia? Ainda precisava salvar a Lívia. Com uma traidora no grupo, ninguém lutaria. Sem eles, não venceria o Piranha e muito menos salvaria o abrigo. No mais, já considerava o caso da mudança perdido. Quando a leoa encasquetava com uma ideia, acabou. Então, respondeu o desafio num fôlego:

— Para ver meu pai, trairia vocês, sim.

Silêncio.

E a escuridão produzida pelo fim da vela aumentou o efeito sinistro do momento.

Murmúrios, grunhidos e gemidos.

Lívia parou de chorar. O brilho do fósforo riscado por ela iluminou o ambiente como um *flash* fotográfico. Outra vela foi acesa.

Júlia confessou que também não resistiria a roupas novas.

A Bia faria qualquer coisa por um *notebook* de última geração e *internet* banda larga.

Edgar trairia também por uma *bike* de fibra de carbono.

Já o pequeno príncipe entregaria o jogo com um ringue de boxe.

— Gente, troco qualquer coisa por uma privada e um rolo de papel higiênico. Posso me aliviar ali no cantinho? Posso?

— O número um, Big? — Júlia jogou a pergunta estúpida.

— Não! Não! — O grandalhão gemeu.

— O número dois! Loucura! — Bia gritou.

— *Hello*! Se ele pediu o papel higiênico é porque vai...

— Cale a boca, Táta! — Bia gritou mais forte.

Léo apertou os lábios.

Novos gritos. Princípio de discursão.

Bigben soltou outro gemido longo.

Capítulo 22

Pausa.

— Pessoal, vejam! O ponto é que cada um tem seu preço. — Léo abriu os braços.

— Por que só você percebe essas coisas? — Bia perguntou baixinho.

Valente voltou a arranhar a portinhola.

Barulho de madeira caindo na calçada de pedra. Daí, a portinhola se abriu e a luz do sol inundou o lugar.

O grandalhão atropelou quem estava no caminho e saiu desvairado.

A claridade repentina cegou Léo. Fechou os olhos por um instante e se lembrou da hipótese sinistra levantada por Táta a respeito do pai. Desejou que a porta da prisão se abrisse para ele também. Só então, voltou a observar os amigos. Apesar de estarem a dois passos da liberdade, ninguém saiu. O assunto estava sério demais.

— Tá! O que a gente fará com a Lívia? — Júlia quis saber.

— Perdoá-la! Aposto que no livro de dicas da Mama ensina isso. — Léo falou devagar.

Valente entrou e cheirou cada canto e cada um dos presentes.

— Beleza! Perdão e pé na estrada. Eis o fim do abrigo. — Edgar bateu uma palma — Brô! Tá de boa. Fui!

— Ainda temos a concentração de amanhã!

— De nada vai adiantar, Brô. É chover no molhado.

— Pessoal! Não desistam! Esse sonho não é só de vocês! É meu também!

— A quem você quer enganar? Isso é crer no impossível! Já acreditei num futuro melhor, esperei, esperei, esperei e nada. Cansei. — Bia virou o rosto de lado.

— Gente... — Léo agarrou os cabelos.

— Joguei a toalha! Vou arrumar minha trouxa. — Edgar saiu a passos largos.

Reparou Lívia. Mais uma menina loira o colocava na maior fria. Droga! Mergulhou de corpo e alma naquela missão de salvamento, acreditou na lorota do céu se abrir e... O que ganhou com isso? Até a mãe perdeu o emprego. Restava a casa da avó, enfrentaria outra escola e continuaria sem o pai. Nem tinha se acostumado àquela cidade. Tanto esforço, para morrer na praia? Travou as arcadas. A decepção o fazia pensar num monte de coisas: Onde errei? Foi entusiasmo demais? Devia ter ouvido a minha mãe: só uma ideia... Bobo! Idiota! Estúpido! Imbecil!

Um a um, os órfãos apertavam o ombro de Lívia e saíam. Aquele gesto devia simbolizar o perdão. Desistia ou ainda tentava ajudar aqueles imbecis? Arrastou os pés no piso. Decidiria depois.

Antes de sair, também apertou o ombro da menina que queria ficar bonita feito a Berenice. Parou no batente da entrada, depois de contemplar o celular na calçadinha, virou para o interior. Então, a garota soprou a vela, mergulhou o rosto na penumbra e recomeçou a chorar.

Valente ficou de companhia.

*

Tremia de frio, pendurado na calha. Mais, a horrível sensação de que o peso do corpo aumentava a cada minuto.

No céu, gigantescas nuvens negras rugiam trovões e faiscavam, pareciam lutar entre si com espadas luminosas. Talvez enfurecidas pelo seu pecado. Subira na torre da catedral sem pedir a ninguém.

Nisso, os pingos grossos de chuva já lhe encharcavam as roupas. Os dedos dormentes escorregavam na calha de zinco. Gemia de tanto fazer força, mas, os músculos dos braços não conseguiam erguer o peso do próprio corpo. Aliás, das mãos, escorriam um filete vermelho de sangue. Havia se cortado. Se sim, nem percebeu.

– Ai, meu Deus! – Vigiou em volta. Não avistou ninguém. Lá embaixo, na entrada da igreja, os paralelepípedos esperavam seu corpo frágil.

– Vou despencar! Alguém me ajude! – Escapou o gemido.

Como pode fazer tamanha besteira? Tanto esforço para salvar a bola e cair na graça da turma do futebol do largo da catedral. Agora preferia continuar gandula pelo resto da vida.

O vento soprou forte.

Ninguém para pedir ajuda.

Crás! A maldita calha soltou um dos lados.

– Socorro! Socorro! – O corpo balançava perigosamente ao vento.

Capítulo 23

A três horas da demolição.

Acordou agarrado à cabeceira da cama. Cadê a torre? Cadê as nuvens escuras e os raios? Imaginou ter caído do teto, pois a cama ainda balançava. Sensação estranha. Pior: minava sangue de um pequeno corte num dos dedos... O maldito pesadelo de novo, sempre tão real como a própria vida.

Pressionou o machucado. Recostou-se no travesseiro e abriu a tela do celular. O aparelho informava dia 21 de abril, 8h50. Havia recebido três ligações: de Júlia, do Edgar e da Bia. Coçou o rosto para expulsar o resto do sono. Ia ligar de volta, o aparelho emitiu o apito característico de chegada de mensagem. Clicou na caixa de entrada e apareceu o rostinho da Júlia. Abaixo, em letras garrafais: CADÊ VOCÊ? A LÍVIA SUMIU!

Sentiu como se o piso do quarto houvesse desaparecido debaixo da cama. Enviou perguntas em busca de detalhes. Júlia não respondeu. Ligou. Os telefones dos três fora de área. Trocou o pijama pelo trivial *jeans* e camiseta, mirou-se no espelho. A cara amarrotada não tinha conserto. Vou? Ou fico e espero por notícias? Esmurrou a cama. Por fim, revirou a gaveta do criado-mudo até achar um curativo para o corte. Em seguida, revirou-a de novo em busca de uma caneta. Anotou um recado para a mãe e enfiou debaixo da porta do banheiro, pois ela tomava banho. Então, saiu.

*

Onde aquela maluca havia se metido? Léo pressionou o punho contra a boca e o nariz. Não podia ir embora sem se despedir, sem dizer olho no olho: perdoo você. Disso, sim, jamais se perdoaria.

Aquele aperto de ombro, no porão, podia significar muitas coisas. Apesar de ter incentivado os demais, no fundo, ele próprio ainda não tinha conseguido perdoar.

Encontrou todos na sala, em meio a mochilas, sacolas, trouxas, caixas de papelão. O cenário se parecia com seu apartamento. Por capricho do destino, se mudariam no mesmo dia. Nem se combinassem, daria tão certo.

– Gente, foi brincadeira essa coisa da Lívia ter sumido, né?

– Quem dera! Quem dera! – Júlia falou devagar.

– A doida foi tragada pelo vento. – Bia sentou de cócoras.

– Desde o episódio do porão, não falava coisa com coisa. Ai. E se ela fez alguma besteira? – Júlia remexeu os braços – Ela se corroía de remorso.

– Que tipo de besteira? – Léo quis saber.

– Tipo: se jogar no córrego da rodoviária! – Júlia falou.

– Teria tamanha coragem? – Arregalou os olhos para encarar as meninas.

– Sei lá. Sempre falava bobagens diante de qualquer probleminha. É muito emotiva, intensa! – Júlia roía as unhas.

– Ah! Para! Quanto drama. A maluca nunca se jogaria naquele córrego fedorento. A água de esgoto arrasaria a pele e os cabelos loiros. Não aceitaria ficar feia nem no próprio velório! – Se Táta quis fazer piada, ninguém achou graça.

– Vocês a perdoaram ontem, lá no porão? – Léo esparramou a pergunta espinhosa.

– Quer saber? Acho que ninguém perdoou a Lívia de verdade. Bando de falsos! – Big virou as costas e sumiu pelo corredor.

– Pois eu a perdoei. Ela é boa amiga. Qualquer um escorrega... Foi isso, ela escorregou... – Júlia exibiu um semblante de preocupação.

– Sem essa de me olhar de banda. Perdoei-a também, só não falei. Aliás, vai saber se a maioria perdoou mesmo. Apenas apertaram o ombro da coitada. – Edgar esfregava o punho no queixo.

Silêncio.

Júlia inflou as bochechas e soltou um jato de ar pelo bico dos lábios.

Táta tossiu antes de contar que já haviam procurado pela desaparecida nos arredores da rodoviária e da catedral. Nem sinal. Ninguém viu.

Léo perguntou pela Mama.

A resposta evasiva fez menção a um encontro com o Sapo Gordo. Saíra bem cedo. Se nada mudasse, iriam dormir aquela noite no salão da quermesse. Frei Francisco ofereceu o lugar. Deixou até as chaves.

Ed revelou que fariam a mudança nas costas.

Reparou as paredes nuas. Por certo, a Mama recolheu os quadros e fotos dos seus filhos. Depois, quis saber como levariam a geladeira, os sofás.

A resposta óbvia: os móveis eram velhos demais. Não suportariam o transporte. Muito menos a desmontagem e remontagem. No fim das contas, só tinham as roupas do corpo e o fôlego para respirar.

– Vida de órfão é osso! – Edgar socou a coxa. – Nada dá certo mesmo.

Capítulo 23

— Já são 10h! Onde aquela maluca se enfiou? Devia ter mandado uma mensagem no celular, tipo: *Gente, vou sumir. Não se preocupem! Até nunca mais!* Em vez de deixar a gente aflita desse jeito! — Bia despejou as palavras e chorou miúdo.

Os demais o encararam, talvez esperassem uma manifestação parecida. Imaginou o belo rosto de Lívia, seus olhos azuis. Surgiu uma dor estranha por dentro. Lembrou do Tiradentes. O traidor pode se tornar herói. Depende de quem ganha a guerra. Mais, é bom se colocar no lugar do outro. Eis outra dica para acrescentar ao fantástico livro de dicas de Mama Terê. Isso, se já não estivesse lá escrito.

— Melhor avisar a polícia? — Bia falou sem olhar para ninguém.

Ronco de motor.

Espiou pela janela. Tal como Lívia dissera, um trator acabava de escorar a caçamba na fachada do casario. Dois caminhões basculantes estacionavam adiante. Dessa forma, mesmo a praça cheia de gente não impediria a maldade do Paquiderme.

Nisso, lhe cutucaram as costas.

— Ei! Aterrissa, Brô! — Edgar falou.

— Desculpe. Pensava no trator.

— Cogitei esvaziar os pneus, mas acho que os operários não permitiriam. — Táta esfregou os punhos.

Bia gritou:

— Gente! A Lívia precisa aparecer. É bem capaz de a Mama sofrer um piripaco. Quer tragédia pior?

Um arrepio percorreu o corpo.

★

Forçou o poderoso cérebro em busca de uma ideia. Bia tinha razão. No momento, o sumiço da Lívia seria um golpe forte, não só para a Mama, mas para todos ali. Incluindo ele. Sem ela, a guerra estaria perdida e a família do abrigo destroçada.

— Pense, pense, pense! — Edgar o balançou.

Léo murchou os lábios.

Bigben ressurgiu no corredor:

— Gente, alguém tem notícia dos nossos lençóis?

Expressões de irritação, beicinhos, tapas na testa, punhos cerrados pipocaram aqui e ali.

— Qual foi? Falei besteira? — O grandalhão abriu os braços.

— A Li sumiu e você preocupado com lençóis! Se liga! — Júlia protestou.

— Deixa de *show*. Aquela desmiolada aparecerá daqui a pouco. E então, cadê os lençóis?

— Nem retirei o meu da cama. — Bia apontou a esmo.

— Pois é! Pretendia fazer uma trouxa única, mas eles foram tragados pelo vento.

— Só se criaram pernas e se mudaram antes da gente. — Júlia remexeu os lábios.

— Nove lençóis sumiriam sem ninguém ver? E eram os únicos que a gente tinha. — Big levantou as sobrancelhas.

— Ou fugiram mais a Lívia! — Táta franziu o queixo.

— Como dormirei lá na quermesse? — O grandalhão fez cara feia.

— Sempre digo. Nada dá certo na vida de órfãos. — Edgar mirou Léo.

— Odeio mudanças. Sempre some algo. — Lembrou-se das caixas de papelão esparramadas no apartamento.

— Isola! Tomara que só suma aquela menina chata. — O garoto loiro soltou outra pérola.

Júlia e Bia gritaram:

— Cale essa boca!

Edgar ralhou também.

— Quer saber? O Big tem razão. O sumiço dos lençóis é mais um problema! — Júlia cruzou os braços.

— Gente, pelo amor de Deus, a Lívia sumiu! Os lençóis podem ficar para depois. — Edgar ralhou de novo.

Léo soltou a pergunta aparentemente maluca:

— Alguém sabe da bolsa de badulaques dela?

As meninas olharam em volta.

Júlia afirmou:

— Ela a levou. Não a larga por nada.

— Estranho. Mas, a mochila dela está aqui! — Bia apontou na direção das caixas de papelão.

— Ora! Então, ela não fugiu? — Táta bateu palmas.

— Falei. Daqui a pouco, a maluca aparece. Esse drama todo à toa. — Big redesenhou as linhas do semblante — E os meus lençóis?

— Já sei o plano dela!

A turma virou para Léo como se quisessem perguntar o óbvio.

Capítulo 23

Ele adiantou a resposta:

— Lençóis, tinta guache, pincéis... Só pode estar fazendo uma faixa gigante para anunciar a concentração de logo mais! — Elevou os braços e os deixou cair — Ou... Guardou para si a outra opção: a imagem sinistra de uma menina magra enforcada numa corda feita com tiras de pano.

— Por que só você enxerga essas coisas? Essa possibilidade faz muito sentido! — Bia o interrompeu.

— Tá! Uma faixa gigante! Para pendurar onde? — Bia se levantou.

— Onde penduraria uma faixa feita com nove lençóis? — Léo meneou o rosto de lado.

— Num prédio bem alto? — Júlia arriscou.

— Há dezenas de prédios altos no centro. — Bia espiou pela janela.

— Síndicos não permitiriam pendurar uma faixa desse tamanho. — Táta olhou pela janela também.

— Se for isso, aquela louca pode estar em apuros. — Ed fez o sinal da cruz.

Bia preferiu acreditar em faixas menores.

Big murmurou a perda dos lençóis.

— A questão inicial continua: onde a maluca se enfiou? — Táta falou.

Edgar correu para a janela e falou sobre um prédio abandonado no centro, só no esqueleto de concreto. Devia ter mais de 10 andares. Ponto estratégico. Sem síndicos ou porteiros. Impossível não ver uma faixa pendurada ali. Frisou:

— Fica depois daquele grande prédio azul.

Bia alertou que a Mama chegaria em breve. Tomaria um susto com o trator, mais o sumiço da Lívia, enfartaria. Ou seja: precisamos fazer algo pra encontrá-la.

Júlia arranhou o rosto vermelho com as unhas.

Léo passeou os olhos nos amigos. A Lívia, com certeza, tentava consertar a traição com uma faixa gigante. Tal qual ele, no pesadelo da torre da catedral, procurava salvar a bola para cair na graça da turma da pelada. Queria impressionar os irmãos com o feito heroico. Pelo menos, ela voltara a acreditar na vitória. Pior... e se não fosse nada disso? Um arrepio percorreu o corpo. Tomou a iniciativa de sair. Os garotos vieram atrás mesmo sem saber qual era a ideia.

Sentiu mais arrepios ao relembrar a imagem de um corpo balançando numa forca. O feriado 21 de abril não precisava de mais heróis.

Capítulo 24

A duas horas da demolição.

Corria a toda velocidade no rumo indicado por Edgar. Imagine se ela topasse com o Sapo no alto de um edifício sem paredes. Aí, a louca seria bem capaz de enfrentar o vilão por causa das promessas falsas. Pronto, poderia acontecer uma tragédia.

Vigiava os prédios próximos, nem sinal de faixas grandes ou pequenas. Ou da Lívia. Lembrou-se da forca. Droga! Olhou para trás, antes de entrar numa avenida larga.

– Vai! Vai! É por aí mesmo. – Edgar acenava. Táta, no encalço. Bigben vinha bem atrás, a segurar a barriga flácida.

– Estou em velocidade de cruzeiro, do contrário, caio duro. – Gritou de volta.

– Vejam! Léo acertou! – O garoto loiro apontou adiante.

Voltou a atenção para frente. Uma faixa gigante cobria boa parte da lateral do tal prédio abandonado. Nela se lia:

<blockquote align="center">
SALVEM
O ABRIGO
DE
MAMA TERÊ!
PRAÇA
TIRADENTES.
21 de abril,
12H.
</blockquote>

– Ca-ram-ba! Ela abalou! Coisa mais linda! – Freou e mirou os companheiros.

Edgar arquejava.

Táta trançou os dedos atrás da nuca e assoprou a exclamação:

– Dominou geral!

Capítulo 24

— Como aquela maluca conseguiu fazer isso? O nada poderá dar certo afinal! — Edgar agarrou os cabelos.

Pela primeira vez, ouvia o pessimista dizer algo positivo. Eis o primeiro milagre da Santa Lívia.

— Arrebentou a boca do balão! — Big chegou atrasado, bufando. — Ei! Vocês precisavam correr desse jeito?

Edgar gaguejou sobre avistar um vulto na beirada da laje.

Apurou a vista. No topo, uma silhueta magra, muito parecida com a Lívia, surgiu. Os cabelos loiros esvoaçavam ao sabor do vento. Gritou e apontou:

— É ela lá no alto! Vejam!

Sem demora, os três iam atravessar a avenida, Bigben abriu os braços e os impediu.

— Inimigo à esquerda! Posição: onze horas!

— Cadê! Onde? — Léo se sentiu desnorteado.

Táta virou para o lado esquerdo e arregaçou as mangas da blusa. Edgar olhou para a mesma direção. Bigben apontou um carro negro igual ao do Sapo Gordo, no sentido contrário da avenida. A luz de seta sinalizava a intenção de virar no semáforo a caminho do abrigo.

Léo fitou o tal carro e depois conferiu o relógio do celular: 10h15.

Táta jogou mais gasolina na fogueira:

— E se ele derrubar o casario antes do horário, com nossas coisas lá dentro? Não temos nada e perderemos tudo!

Os músculos travaram. Ainda processava a informação quando o grandalhão soltou um novo alerta:

— Inimigos à direita! Inimigos à direita! Posição: quinze horas!

Perdido, girou o corpo.

— Tá de brincadeira! Não vejo nada. — Edgar partiu para cima do gorducho.

— Só se aqueles ali forem os três reis magos! Ficaram cegos? Posição: quinze horas! — Apontou no alinhamento da calçada.

Enfim, Léo entendeu o jeito esquisito de indicar as direções usando a posição do ponteiro do relógio. Avistou o Piranha, o Sardinha e o Bacalhau, prontos para atravessar a avenida, numa faixa de pedestres adiante. A respiração saiu de compasso ao deduzir a rota dos moleques: iam direto para o prédio abandonado. Com certeza, retirariam a faixa e... Com isso, a Lívia corria perigo extremo. Droga! Veio à lembrança a imagem da forca.

— Se ficar, o Sapo pega, se correr... E aí? A gente salva o abrigo ou aquela desmiolada? — O garoto loiro agarrou os cabelos encaracolados.

Preferiu não esperar pela decisão e partiu para ajudar a garota. Se algo de mau acontecesse a ela, enlouqueceria.

A gangue já atingia a primeira laje do edifício.

*

Subia os degraus da escada de dois em dois. Precisava alcançá-la antes dos moleques fazerem qualquer asneira. Numa briga, ela podia cair lá de cima. Com tamanha tragédia, ninguém mais lutaria para salvar o casario. Seria um jeito muito triste de perder a guerra.

Atrás dele, vinham Táta e Edgar. Nem sinal do Big. Deve ter voltado para conferir a situação da casa. Faltou-lhe fôlego para confirmar a suspeita. Com o desfalque, lá no alto do prédio, seriam três contra três. Preocupou-se sem perder a fé.

O cheiro de urina perdia força à medida que subiam os lances de escada. Sem dúvida, mendigos moravam no local. Lívia fora muito corajosa para entrar ali sozinha.

Na última laje, como imaginara, encontrou-a acuada pelo Piranha. Porém, não conseguiu dizer nada, pois a garganta ardia. As mãos apoiavam-se nos joelhos. Os músculos das pernas doíam. Procurou pelos amigos.

O Bacalhau e o Sardinha aproveitaram o momento de cansaço e imobilizaram os dois.

Então, deu-se conta da burrice. Subiram sem estratégia e, exaustos, caíram numa armadilha boba. E agora? Davi contra Golias?

Piranha exibiu todos os dentes, soltou a menina e estralou os dedos das mãos:

— Beleza pura. Chegou a hora do nosso acerto de contas.

Léo vigiou em volta. O Bacalhau mascava chicletes. O Sardinha ria. O Edgar e o Táta seguiam rendidos.

— Covarde! O Teodoro saberá disso!

— Tô nem aí se você não é do meu tamanho e ligo muito menos para o Teodoro. Ele que cante de galo lá no Beco do Repolho. Quem mandou mexer com minha mina? Tô no meu direito! No meu direito! — Bateu no peito.

— Errado! Ela me procurou.

— Para! Essa é a piada do ano. A Berê nem olha para bobocas do seu tipo! — O dentuço girou os ombros.

— Tudo bem? — Léo virou-se para Lívia.

A menina abanou a cabeça em sinal positivo. Apoiava as costas num pilar de concreto que deveria pertencer ao futuro apartamento de cobertura.

– Ei! Por que não escolheu essa daí e pronto? Tá de bom tamanho. Loira, olhos azuis e até bonitinha. Claro que não chega aos pés da Berenice.

Lívia rosnou.

– Tenha calma! A gente voltará para casa. – Léo gesticulou para ela. Mas a comparação foi feita no pior momento.

– Casa? Se liga, idiota! Daqui a pouco, aquela velharia será um monte de entulho. Aliás, primeiro pagará a vergonha que me fez passar na praça.

Táta conseguiu gritar:

– Leonardo, quebre a cara desse imbecil!

O Piranha riu.

Bacalhau e Sardinha também.

Lembrou-se das palavras do Edgar: *primeiro vêm os insultos, depois...*

– Quero ver se é valente sem ajuda. – O dentuço virou a aba do boné.

– Cachorro do Sapo... – O grito do Edgar saiu entrecortado.

O moleque explicou ter juntado a fome com a vontade de comer. Ganhara uma boa grana para esculachar o conquistador e a turma idiota do abrigo. Não engolira a coisa de o Teodoro o obrigar a desistir da briga. A raiva explodiu com a festa da vitória no parque. Daí, foi para o céu com a proposta do tiozão.

De novo, lembrou-se das palavras do Ed: *Não demonstre medo.*

Foi só falar nele e o diabo gordo surgiu nas escadas, acompanhado do motorista.

Arrepiou-se. Os dedos ficaram oleosos.

– Dá nele, Léo! – Táta conseguiu gritar de novo.

Veio à mente a dica número seis, então gritou a plenos pulmões:

– Covarde dentuço! Só bota banca!

– Matarei você, idiota! – O Pivete bufou.

Estremeceu, pois não tinha como vencer o oponente com murros e pontapés. Os punhos dele pareciam marretas. Arranjava outra estratégia, ou...

Nisso, Lívia voou sobre as costas do safado, que não fez conta e a arremessou longe. Ela rolou pelo piso, agarrou-se a uma pilastra, mas metade do corpo ficou pendurado fora da laje. Por pouco não despencou.

– Socorro! Socorro! Socorro!

Caraca! Ganhou dois megas problemas.

Capítulo 25

O rim esquerdo doeu. Para salvar a Lívia, teria que vencer o Piranha primeiro, isso, se ela não caísse antes.

– Se segura, aí! Aguente firme!

Este remexeu os lábios, parecia rosnar.

– Véio, a menina não tem nada a ver com nossas diferenças. Me ajuda a salvar ela!

– Tô nem aí. Se cair, dano colateral. Nunca viu isso nos filmes?

Reparou os pilares de concreto. As ferragens à mostra lembravam cabeleiras de monstros magricelos. E se contasse com a ajuda deles?

Lívia continuava a gritar.

O Sapo Gordo e o motorista aguardavam o início da luta de braços cruzados. O Bacalhau e o Sardinha faziam cara feia, enquanto seguravam suas presas.

– Se segura, Mana! – Edgar gritou.

– Aperte esse bundão! Use a inteligência! – Táta incentivou.

Os dois tiveram as bocas tapadas de novo.

Léo não descuidava dos movimentos do inimigo e da situação desesperadora de Lívia. E aqueles adultos idiotas que não faziam nada.

Já a garota não parava de implorar por socorro.

Daí, Piranha começou com um chute.

Léo pulou para trás.

O agressor retornou com um giro de capoeira.

Léo se abaixou, depois se protegeu atrás de uma das pilastras de concreto.

O moleque covarde dançava na frente do obstáculo. Ora chutava, ora dava murros.

Esquivava-se.

O Sapo exigiu:

– Acabe logo com isso, imbecil!

Lívia diminuiu a intensidade dos gritos. Estaria cansada?

Capítulo 25

Continuou a se esquivar dos golpes inimigos. Ora se abaixava, ora ia e vinha. Espiava a menina a todo momento. Putz! Ela não aguentaria por muito tempo... Com a ajuda dos monstros magricelos de concreto, fez a luta desigual se transformar numa brincadeira de pega-pega. A estratégia: cansar o inimigo mais forte.

O dentuço agachou-se e encheu a mão de areia. A intenção não seria das melhores. Passou a proteger o rosto.

Nisso, uma voz grossa paralisou os lutadores.

– Piranha! Seu cretino!

Virou. O homem negro, alto, de rosto talhado em linhas retas, de pé na saída da escada. Atrás dele, Mama Terê com o inseparável livro escuro. Aquele devia ser o famoso Teodoro. Então, gritou:

– Salvem a Lívia! Ela vai cair!

O Teodoro meneou a cabeça na direção do Bacalhau e do Sardinha. Os dois soltaram os prisioneiros, que correram e resgataram a irmã para um local seguro.

O Sapo bufou.

Em seguida, o Teodoro encarou o Piranha:

– Moleque, avisei para não mexer com nenhum dos garotos da Mama. É surdo ou estúpido? Odeio pirralhos que pisam fora do meu riscado.

O dentuço deixou a areia escorrer entre os dedos.

O Sapo Gordo e o motorista caminharam para o lado direito da laje.

Léo sentiu como se um peso fosse tirado das costas.

O Sapão se deslocou mais para a direita. O motorista o acompanhou, sempre em posição de luta.

Lívia foi ao encontro da Mama, que chorava feito criança.

De repente, uma rajada de vento levantou poeira.

Protegeu o rosto.

Todos sumiram no meio da nuvem de pó.

O Sapo aproveitou o momento, o arrastou e pendurou à beira da entrada do fosso do futuro elevador, preso apenas pela gola da camiseta. Se o soltasse, Léo mergulharia por 10 andares. Por fim, ameaçou:

– Se não abrirem passagem para eu sair, soltarei o garoto! – O vilão mirou a escada, a única rota de fuga, bloqueada pelo Teodoro e pela Mama.

Léo não teve coragem de olhar para baixo. Os pés esfriaram. As mãos agarravam o punho do Paquiderme. Não tinha como se soltar. Não tinha como fazer nada. Na mente, passava a retrospectiva da vida para aqueles que estão à beira da morte. A sequência de cenas confusas mostrava a mãe, um cartão postal com a imagem do Rio Tejo. Mama Terê sentada no banco da praça, a gangue do Piranha rindo satisfeita, Berenice acenando adeus, Bigben com nariz de palhaço e suspensórios, a cauda do Valente feito um ventilador. Lembrou-se do pesadelo da torre. Veio a dificuldade de respirar. A visão ficou turva. Desejou um desmaio, pelo menos não assistiria à queda fatal...

★

Como fugir daquela situação? Se não tivesse uma boa ideia rápido ou ocorresse um milagre, seria o seu fim. Um vento forte e gelado subia pelo fosso, com ele, vertigens e dor de barriga. Lágrimas escorriam. Quanto à vontade de vomitar, só conseguiu tossir.

O braço do Sapo Gordo tremia.

O motorista vigiava a lateral direita da entrada do fosso. O Piranha, o Bacalhau e o Sardinha protegiam o lado esquerdo. Dos três, o segundo aparentava mais nervosismo, pois mascava chicletes num ritmo frenético.

Tentou entender os acontecimentos na laje com os ouvidos, pois a inclinação do corpo deixou o campo de visão reduzido. No meio do impasse repleto de gritos e murmúrios, às vezes ouvia a voz de Lívia. A turma continuava fora de foco.

Mama implorou:

– Romário, fique com o casario, fique com tudo, mas solte esse garoto! Ele não tem nada a ver com nossos mal-entendidos. Esqueça a vingança. O Tonico não existe mais. Errei, errei feio.

O braço do Paquiderme tremeu mais.

Puxa, morreria por causa de um boneco de pano...

O suspense esticava os segundos. O vento forte rugia ao subir pelo fosso. Voltou ao pensamento a continuação do macabro filme de suas lembranças, cujas cenas mostravam: a gangue do Piranha, o primeiro encontro com o Edgar, Valente latindo no parque municipal, as caixetas de papelão no apartamento, a imagem do pai barbudo, o gosto horrível do óleo de fígado de bacalhau... A imagem evaporou ao ouvir a voz do agressor:

– Todos para dentro da torre da caixa d'água! – Com o braço livre, o covarde apontou a estrutura de alvenaria quadrada e alta, próxima. Numa das paredes, havia um portão de acesso à futura sala de máquinas do edifício.

De costas, dos ombros para cima, surgiram: Teodoro, Mama, Lívia, Edgar e Táta. Em fila indiana, obedeceram a ordem.

Piranha aferrolhou a porta. O barulho metálico da taramela não deixou dúvida de que os amigos ficariam bem presos. Quis gritar, mas a voz não saiu. Fixou a atenção no Sapo.

Capítulo 25

— Genial, chefe! Vamos derrubar aquela casa velha e fechar a fatura. — O motorista falou.

Bacalhau quis saber o que seria feito do pirralho. O tom de voz tinha um filamento de medo. Medo de quê?

A musculatura estremeceu.

As banhas do Paquiderme balançaram no ritmo dos fonemas:

— Esse pestinha só me atrapalhou. Nem demitindo a mãe do cretino, deu sossego. Avisei, avisei e não fui ouvido.

— O que o senhor fará com ele? – Piranha se aproximou.

Mama gritava da torre:

— Soltem o meu garoto!

— Simples! Largarei o infeliz de lado! – Mal terminou a frase, abriu os dedos.

— Nãoooo! – Léo mergulhou no vazio.

Capítulo 26

O corpo foi varrido por uma onda de frio. De reflexo, tentou se agarrar em algo, porém, o mundo à sua volta passava rápido demais.

De repente, tudo parou. Depois ficou turvo, cinza, começou a balançar. Tontura, náuseas e dor nas costas. Igual tivesse levado alguns murros. A impressão de balanço diminuiu aos poucos... Imaginou-se no pesadelo da torre. Já havia morrido? Se sim, era muito estranho morrer... Cadê os anjos?

Reconheceu-se nos braços de Bigben. Os dois ainda balançavam como se flutuassem ao sabor da corrente de vento fria, típico da tempestade de seus pesadelos.

– Isso é sonho?

– Se for! É o pior de todos, viu.

Lembrava direitinho como subira no prédio, do momento da briga com o Piranha, dos gritos da Lívia, da chegada do Sapo e do Teodoro, da queda no fosso. Portanto, aquilo era real. Olhou em volta e para baixo. As pernas de seu salvador apoiavam-se sobre duas tábuas sujas de concreto. Inúmeros andares abaixo, o fundo do fosso repleto de restos de construção. Se não fosse aquele anjo rechonchudo, não sobraria nada dele para contar a história. Suspirou.

Os demais presos na torre gritavam coisas incompreensíveis.

Barulho de passos na escada. Deveria ser a corja inimiga a caminho da última maldade: derrubar a casa.

– Precisamos sair daqui rápido!

– Cara, as tábuas se curvaram com impacto do seu corpo nos meus braços. A má notícia: não param de estralar. – O grandalhão esculpiu o rosto para o desespero. As bochechas, pareciam mais inchadas que o normal. – A não ser por um milagre, cairemos a qualquer momento.

Firmou a atenção no rosto dele para confirmar se falava sério. Então, insistiu:

– Temos que arriscar! Ou o Piranha derrubará a gente.

– Tá doido! Melhor não fazer nada. Apenas continuar quietinho, até chegar ajuda. Ou será o nosso último mergulho. Não quero morrer jovem, ainda mais com fome.

Capítulo 26

— Você caiu do céu.

— Nada! Você sim, caiu em cima de mim. Agora, Brô, é o seguinte: se a gente sair vivo dessa enrascada medonha, quero um X-tudo gigante com três bifes, uma porção de batata frita e um litro de refrigerante de garrafa de vidro. Copiou?

— Copiado.

Os dois ficaram em silêncio.

Em volta, tipo assombração, estrondos metálicos, gritos...

Seria a turma a forçar o portãozinho da torre?

— Big, e se o Sapão mandar alguém para conferir o que aconteceu comigo? Devíamos fugir.

— Nem pensar. Basta eu mexer a perna para descermos feito manga madura. Sou peso pesado, esqueceu?

— Bolou um bom plano! — O comentário tinha o propósito de animar o salvador.

— Bolei nada! Se fosse inteligente igual a você, teria colocado tábuas duplas. Daí, junta a pressa, o desespero e a burrice. Restou essa sinuca.

— Nada! Se ainda estou vivo, devo a você.

Big contou que o Teodoro e a Mama Terê o deixaram para trás, pois não era bom com degraus. Parara ali para descansar, pois só faltava colocar os bofes para fora. Ouviu a prosa sinistra do Sapo Gordo. Espiou pelo fosso e avistou uma bundinha magra. Não teve dúvida, aquele louco mal-amado podia provocar uma tragédia. Colocou as tábuas, tomou posição e ficou caladinho. Se o doido soltasse a prenda, agarraria feito um goleiro famoso. Lastimou-se por esquecer de calcular a energia cinética dos corpos em movimento. Aula de física perdida. A aceleração da gravidade aumentou o peso da carga, assim, no momento do impacto em seus braços, as tábuas curvaram. Por pouco não se partiram... No fim, arrematou:

— Fui burro. Burro ao quadrado.

— A gente vai se safar. — Começou a rezar com os lábios, pois o caso era tenso.

O anjo balbuciou:

— Deus lhe ouça!

Segundos depois, Big cochichou:

— Se liga! Inimigo acima, posição: doze horas!

Arrepiou-se. Tentou se orientar pelo tal relógio imaginário.

— Olá! — O Bacalhau exclamou de punhos cerrados, no intervalo de uma mascada no chiclete.

Travou a respiração. Já estavam numa situação terrível, precisava aparecer logo aquele ordinário? Com certeza, viera para terminar o serviço. O companheiro de suplício franziu a testa. Como se dissesse: "Adeus mundo cruel!"

Como convencer o moleque de não fazer tamanha estupidez? E se tentasse sair dos braços do Big para lutar? Fechou os olhos e tentou gritar por socorro, mas, a voz não saiu.

*

Abriu os olhos, o inimigo havia desaparecido.

Passos na escada. Estrondos metálicos.

– Cara, aquele cretino derrubará a gente a qualquer momento. É a nossa última chance de fuga. Vamos correr o risco!

– Não vai dar! Estou paralisado de medo!

Olhou em todas as direções. De repente, a cabeleira loira de Táta surgiu na abertura do fosso, no andar de cima, no exato lugar onde avistara a ameaça segundos antes. A surpresa enfeitava de alegria o rosto do pequeno príncipe. Sussurrou:

– Cara, acima, na posição: doze horas!

O grandalhão levantou o queixo.

Nesse exato momento, surgiram também Lívia, Mama Terê, Teodoro e Edgar. Todos estampavam sorrisos idiotas.

O barulho de passos no andar onde se encontrava o impediu de dizer alô. Em vez disso, virou o rosto e o susto veio em dobro: o Bacalhau e o Sardinha acabavam de pisar nas pontas das tábuas. Pronto! Seriam derrubados. Travou os maxilares.

– Beleza aí, rapazes? – Teodoro soltou o vozeirão lá do alto.

Os dois moleques cruzaram os braços e sorriram.

Léo levantou a vista, mas, não conseguiu dizer nada.

Big, sim, soletrou as palavras sem se mover:

– So-cor-ro! Socorro!

Voltou a encarar as ameaças com nomes de peixe. Por que apenas sorriam? Ia pedir socorro também, mas, os amigos desapareceram. Engoliu seco.

Barulho de passos na escada.

O corpo avantajado do amigo tremia. Com isso, claro, as tábuas tremiam também...

Zum-zum-zum de pessoas no mesmo andar.

Girou o rosto. A beirada do fosso do elevador foi inundada pelas carinhas sorridentes da turma.

Capítulo 26

Cadê o Bacalhau e o Sardinha? Estariam de tocaia, prontos a empurrar todos para o abismo?

A voz não saía para dar o alerta. Caramba!

Lívia tinha escoriações nos braços. Mama, de joelhos e mãos postas, talvez agradecesse a Deus pelo milagre. Os demais faziam festa.

– Leonardo, aguente firme aí! – Teodoro soltou o vozeirão.

A garganta desatou o nó:

– Cuidado com o Bacalhau e o Sardinha. Estão na laje, escondidos e podem empurrar vocês no fosso!

– Não se preocupe! Tenho os dois sob controle. – Teodoro respondeu.

Arregalou os olhos no lugar de perguntar "Como assim?".

– Pois eu estou descontrolado. – Bigben anunciou – Ao amparar esse bunda murcha nos braços, as tábuas envergaram. Agora, estralam sem parar. Irão se partir a qualquer momento. Já vejo a minha mãe falecida pela greta.

Léo deu meia volta no pescoço, a situação seguia desesperadora.

Teodoro pediu calma.

Os adolescentes em alvoroço.

– Esse tormento não acabará nunca? – Lívia recostou-se numa parede e passou a chorar.

– Ai! Fiz xixi na roupa!

Táta conferiu as pernas do salvador.

– Bigão, nada de pânico, apenas suor escorrendo pelas suas canelas.

Léo não tinha a mesma certeza. Coitado do grandalhão.

Iniciou-se o falatório cheio de palpites sobre a melhor maneira de efetuar o resgate.

Big murmurou, no compasso da respiração curta, a intenção de não ir a lugar algum, pois as pernas simplesmente não lhe obedeciam.

Teodoro gesticulava o pedido de calma.

– Só não demorem, por favor. – Léo sussurrou.

Big se derretia de suor.

Mama Terê continuava com o livro escuro debaixo do braço.

Alguém sugeriu chamar o corpo de bombeiros.

Talvez não tivessem tanto tempo.

– O meu telefone tá sem bateria. Droga! – Lívia grunhiu. Pelo menos, parou de chorar.

– O meu também. – O príncipe loiro socou a própria coxa.

— Calem-se! Façam algo! Qualquer coisa! Desde que seja rápido! — O grito aflito da Mama se sobressaiu no meio da confusão de vozes.

★

A situação devia estar pior do que imaginava. Se não fizesse nada, morreria; se fizesse, também. Os adolescentes e os adultos desnorteados. Nisso, lembrou-se do Bigben a se lamentar da burrice de colocar uma única tábua...

— E se vocês construíssem um piso nas laterais do fosso? Procurem tábuas e madeiras nos outros andares.

Teodoro arregalou os olhos e, de pronto, assumiu o comando da operação:

— Crianças, vasculhem o prédio. Rápido! Pra ontem!

Piscou os olhos e suspirou. Enquanto a turma saía aos pulos, mirou o Teodoro. Não parecia bandido. Trajava *jeans*, camiseta branca e mocassim. Alto, forte e quase tão musculoso quanto o motorista do Sapo. Difícil imaginar: um filho da bondosa Mama Terê no mundo do crime. Bom, o Romário também se perdera no pântano do rancor e da vingança.

— Cadê o Sapo? — lançou a pergunta só para aliviar a tensão.

— Fugiu. — Teodoro respondeu.

— E o Piranha?

— Deve ter ido junto. — O homem falou grosso.

Veio a vontade de ir ao banheiro. Mais essa...

As tábuas estalaram.

— Mama! Como nada costuma dar certo na vida de órfãos... estou com medo — Big desabafou em meio às lágrimas.

Léo engoliu seco. Começava a perder a fé...

— Esqueça as bobagens do Edgar. Você salvou o dia. Se deu certo até agora, com fé em Deus, será assim até o fim. — A mulher falou, contudo, a expressão do rosto não demonstrava tanta convicção.

— Big, não desista de comer por minha por minha conta, lembra?

— Brô, tá muito tenso, então, além do sanduíche X-tudo com três bifes, da porção de batatas fritas e do litro de refrigerante de garrafa de vidro, gostaria de acrescentar um *sundae* duplo. Pode ser?

Gesticulou joia.

Por sua vez, o grandalhão respirou fundo sem o menor entusiasmo.

— Qual foi do Bacalhau e do Sardinha? — Resgatou a pergunta ao reconhecer a voz de um deles, também em busca de tábuas em algum andar.

Mama Terê juntou os cabelos grisalhos na nuca e revelou o inimaginável.

Capítulo 26

Quando o Teodoro soube do golpe baixo do Romário, ao recrutar a Lívia como espiã, decidiu pagar com a mesma moeda. Assim, comprou o Bacalhau e o Sardinha com a oferta de perdão total. Ela ainda prometeu convidá-los para almoçar. De jeito, os dois passaram a fazer contraespionagem. A estratégia, de certa forma, mostrava seu valor.

– Puxa! Venderam-se por comida. Quase não dá para acreditar.

– Sou suspeito. Pela macarronada da Mama faço qualquer coisa. – O salvador abriu os braços. – Por falar nisso, estou com a maior fome.

– Valeu a pena! Sem a ajuda deles, jamais chegaríamos aqui a tempo. Pior, ainda estaríamos presos na torre. – Mama falou.

Descansou a nuca no braço de Big. O estômago também reclamava. Já devia ser a hora do almoço.

Inquieta, Mama enxugou a testa.

As tábuas estralaram.

– Ai! Nem quero olhar! – Léo respirou fundo.

Nisso, a turma chegou com inúmeros pedaços de madeira. Virou o pescoço para acompanhar a operação de salvamento.

– Será rápido! – Teodoro falou firme. De imediato, começou a fazer o piso paralelo.

Outro estalo nas tábuas.

– Andem com isso. Droga! Elas se abaixaram mais. Não quero morrer. – Bigben esculpiu o semblante para o desespero.

A saliva de Léo passou a ter gosto de xarope.

Lívia voltou a chorar miúdo. Mama Terê retorcia as mãos e parecia rezar. Táta, Edgar, Bacalhau e Sardinha faziam fila para entregar tábuas e madeiras retangulares e roliças para o Teodoro.

Outro estalo foi ouvido.

– Andem depressa!

– Danou-se! Adeus mundo cruel! – Bigben resmungou.

Teodoro remexia a ponta da língua entre os lábios. Tarjas grossas de suor pingavam da testa. Por fim, passou a caminhar sobre o piso pronto quase em câmera lenta. Aos poucos, se aproximou e enfiou os braços sob o corpo de Léo:

– Peguei! Peguei você! E por essa luz, não irei soltar. – Deu marcha à ré até chegar à laje.

Mama foi a primeira a abraçá-lo. A turma fez fila.

Para salvar Big, Teodoro contou com a ajuda de Edgar. Uma vez em piso firme, o grande herói do dia desabou e começou a chorar feito criança.

– Achei que ia perder vocês dois! – Mama também chorava.

Lívia esperava a vez de abraçar Leonardo.

— Gente! Que vontade de tomar uma jarra de suco de laranja — Big falou.

Risadas em meio às lágrimas.

— Cadê a vontade de ir ao banheiro? — Edgar perguntou alto.

— É mesmo! Foi tanta tensão, que esqueci. — O grandalhão correu e se agachou atrás de um monte de tijolos.

Lívia abraçou Léo com força e cochichou ao pé do ouvido:

— Se morresse, juro, enlouqueceria! Você me perdoou?

— Sim! Sim!

Então ganhou vários selinhos em volta da orelha. Fechou os olhos. Arrepios múltiplos percorriam o seu corpo.

Nisso, Edgar falou com a voz firme:

— Gente, detesto interromper, mas alguém é capaz de imaginar onde está o Sapo bochechudo neste momento?

Léo acendeu o visor do celular. Faltava pouco para o meio-dia. Talvez a faixa gigante da Lívia operasse o milagre de lotar a praça. O evento na rede social tinha mais de cinco mil confirmações, mas não dava para confiar nos internautas. Nem a Júlia, nem a Bia estavam *on-line* no *chat*. Ajudava a turma a impedir a demolição? Ou, depois do acontecido, desistia e ia para casa? O episódio do fosso demonstrava o nível extremo de maldade do vilão. Mais uma vez, o estômago esfriou. Uma parte dele não queria se aproximar daquele cretino nunca mais. A outra desejava evitar o desmanche do casario. Ia ou não? Massageou a testa, depois puxou Lívia pelo braço na direção das escadas.

Os demais vieram atrás. Por acaso, assumiram a formação de patrulha.

Capítulo 27

**A vinte minutos da demolição.
Na calçada do prédio abandonado.**

– Corram! Ou o abrigo já era! – Léo abanou os braços. Não ganhara a luta, mas conseguira se manter inteiro até à chegada do socorro. Restava saber se teria coragem de enfrentar o Paquiderme outra vez. Faltavam menos de vinte minutos para o fim do prazo. O tempo corria contra eles...

De quando em quando, vinha a sensação fria de cair no fosso. Teodoro, Mama Terê, Edgar e Táta andavam a passos largos. O retardatário gorducho seguia ao longe.

O jogo acaba no fim...Tinha fé que muitas pessoas atenderiam ao apelo. Cutucou Lívia, apontou a faixa:

– Você foi muito doida!

– Uma obra de arte! Não acha?

– Como fez aquilo sozinha?

A danadinha corria e explicava. Levou os lençóis para o salão da quermesse. Tirou do bolso da chave oferecida pelo Frei. Traçou o esquema de montagem numa folha de papel. Usou um pincel largo para pintar o convite, de acordo com o esquema. Por fim, costurou um ao outro à mão, enrolou e jogou nas costas. Pendurar no prédio foi fácil. Prendeu duas réguas de madeira nas pontas. Haviam várias na laje. Desceu a faixa devagar e amarrou as pontas com as cordinhas do varal de roupa do abrigo. Por sorte, aguentaram o tranco.

– Louca! Se sofresse um acidente?

– Na hora, não pensei nisso. Depois da besteira de trair você e os meus irmãos, valia correr o risco. Preocupou-se comigo?

Meneou o rosto antes de responder.

– Muito! Quase enlouqueci! – Então, sem mais nem menos, veio a sensação gelada de cair no fosso. Não se sentia bem.

Lívia ajeitou os cabelos:

— Quanta gente nas ruas. Nem parece que é feriado. Quem dera estivessem a caminho da praça.

Os dois dobraram a última esquina antes do destino e testemunharam o inacreditável.

— Uau!

— A praça tá cheia! Tá lotada! — Lívia pulava com as mãos na frente dos lábios. Lágrimas escorriam pelo rosto.

Os demais pararam também. As expressões iam do susto à alegria.

— Toma Sapo Gordo! — Táta socou o ar.

O público tinha bandeiras brancas, flores, cartazes, apitos, cornetas e jogavam papel picado para o alto. A multidão iria crescer ainda mais, pois de todas as ruas vinha gente: famílias inteiras, crianças nos ombros, adolescentes, jovens, idosos, colegas de escola...

Teodoro profetizou:

— Ninguém derrubará o abrigo!

— A faixa deu certo! — Léo abraçou Lívia como nunca tinha abraçado antes.

— A sua ideia, sim, deu certo! — A menina o beijou no rosto.

Para variar, o pessimista Ed alertou para o fato de não haver ninguém entre o trator e o casario. A maioria dos manifestantes se aglomerava na praça. Pior, seguiam perdidos, sem comando.

Ou seja, ainda não haviam vencido. O relógio da torre da igreja marcava quase meio-dia. Depois de tanto esforço e quase cair no fosso, o Paquiderme não podia levar a melhor. Lembrou-se da mãe desempregada, das caixas de papelão esparramadas pelo apartamento e pelo abrigo... Puxou Lívia e correu de novo...

A turma veio no encalço.

— Cadê o Big? — Lívia lançou a pergunta

— Tanques de guerra andam devagar. — Táta chiou a resposta.

Ao entrarem na aglomeração de pessoas, um estranho segurou Léo pela camiseta.

— Ei, me solta!

— Pode ser ou tá difícil? — Teodoro encarou o sujeito nos olhos, que sumiu em seguida.

Após o susto, Edgar ordenou a formação de patrulha.

— O Sapo Gordo merece uma lição! — Táta fechou a cara e cerrou os punhos.

Capítulo 27

Teodoro tomou o lugar de Bigben e puxou a fila.

Mesmo assim, tiveram muita dificuldade para passar no meio do povaréu.

Enfim, no casario, Lívia, Bia e Júlia se abraçaram. Valente latia, pulava e abanava a cauda, feliz com a chegada da dona. Rafa olhava a movimentação pela janela enquanto rodopiava uma flor entre os dedos. Os meninos em alvoroço.

– Vencemos! Vencemos! Ninguém derrubará o casario com a gente dentro e na frente dessa multidão. – O anjo loiro vibrou os braços.

Júlia e Bia gritaram:

– O abrigo é nosso!

– É isso aí!

Edgar soltou mais um de seus comentários pessimistas.

O sino da catedral badalou meio-dia.

Silêncio.

A multidão zumbia.

Daí, o absurdo: o trator foi ligado.

Os órfãos se entreolharam.

Quatro seguranças invadiram a sala. Um deles ordenou:

– A brincadeira acabou! Precisam sair!

Uma voz metalizada se fez ouvir:

– Vamos! Podem derrubar essa casa velha!

Da janela, Léo avistou o rosto redondo do Sapo vigarista próximo a um dos caminhões. O safado usava um megafone. Arrepios percorreram o corpo com a lembrança da queda no fosso. Se tivera coragem para tentar matá-lo, derrubar uma construção centenária seria fichinha. Como impediria aquele maluco? Olhou para Lívia, para os seguranças mal-encarados, para o monte de coisas no meio da sala, para a turma pronta para o combate. Então, caminhou e parou no batente da porta. As pernas tremiam. Faria o quê?

O trator roncou forte, soltou uma nuvem de fumaça negra e elevou a caçamba.

Capítulo 28

Flagrou Rafa com as mãozinhas na roda do maldito trator. O cérebro se iluminou, então virou e gritou para a turma:

– Vibração! Vibração! Eis a nossa arma. Quem tiver coragem me acompanhe! – Correu e deitou na frente de uma das rodas da pá carregadeira. Ou fazia aquela maluquice ou o casario viria a baixo.

Dois seguranças interviram.

Agarrou-se ao pneu gigante.

Um brutamonte tocou no Rafa, em transe por causa da vibração do motor da máquina, o menino partiu para cima, aos berros.

Populares acudiram.

Nesse meio tempo, as meninas também se deitaram na frente das demais rodas. Valente se estirou, de barriga para cima, ao lado de Lívia.

Ante a situação de perigo, veio a terrível sensação da queda no fosso.

A caçamba da máquina manobrou.

As pessoas próximas alertaram o tratorista sobre a presença das crianças deitadas no piso. Mas, ele não parecia compreender. Decerto, por causa do barulho do motor.

Houve um princípio de tumulto. O povo fechou a rua.

No calor da confusão, Léo se levantou, mas continuou na frente da roda.

Teodoro tentou subir na máquina, mas, foi impedido.

Bigben chegou e, com uma cabeçada certeira, atingiu dois dos gigantes que agrediam o chefe do Beco do Repolho.

O Bacalhau e o Sardinha chegaram também.

A voz do Sapo Gordo no megafone era incompreensível.

O motor do trator roncou alto e soltou outra nuvem de fumaça.

Parte do público compreendeu a tensão e começou a escalar a máquina. Gritavam:

Povo, unido, jamais será vencido!

Capítulo 28

Léo gesticulou para que invadissem a casa.

Assim foi feito. Então, rostos desconhecidos inundaram as janelas.

No entorno do trator, o confronto transformou-se num estica e puxa até o motor ser finalmente desligado.

O povo aplaudiu a primeira vitória do dia.

Lívia se levantou e puxou Léo pelo braço. Com ajuda das pessoas, os dois alcançaram o teto da máquina.

Um microfone sem fio apareceu nas mãos dele. As pessoas gesticulavam para que falasse.

Léo arriscou:

– Alô! – A voz ecoou alta e clara a partir das caixas de som de um carro de propaganda volante parado nas imediações. Respirou fundo, enxugou o suor da testa.

Lívia pôs mais lenha na fogueira:

– Fale! Agradeça a presença das pessoas. Assuma comando da sua cria!

Tapou o microfone.

– Nunca fiz isso!

– Fale qualquer coisa, querido! O povo salvou a gente!

Reparou nas bandeirinhas, no sorveteiro, no monte de celulares apontados, nos aplausos... Gaguejou:

– Alô! Oi!

O silêncio cresceu aos poucos.

– Muito obrigado por atenderem ao nosso apelo. Hoje, vocês impediram a derrubada do abrigo de órfãos da Mama Terê. – Enxugou as lágrimas.

– Continua! Tá lindo!

A multidão se calou de vez.

– Obrigado por provarem que ainda existem pessoas boas. Não sei se resolvemos o problema para sempre. Talvez, como costuma dizer certo amigo, nada dê certo. Mas, não desistiremos. – Procurou por Edgar. Lembrou-se da mãe – Afinal, confirmou-se a dica mágica da Mama: eu te ajudo, você me ajuda, o mundo muda!

Uma salva de palmas.

Lágrimas salobras inundavam os lábios.

Nas janelas, Mama exibia as feições de alegria e a turma do abrigo agitava os punhos.

Ao seu lado, Lívia soluçava e chorava de lábios trêmulos.

— Somos oito adolescentes, medrosos, comuns. Apenas acreditamos no impossível. Assim, nos agarramos à esperança de que o bem pode vencer o mal. Obrigado pela presença de todos!

Outra sessão de palmas.

Aproveitou a pausa para respirar. O suor molhava a camiseta.

A multidão passou a gritar:

Povo, unido, jamais será vencido! Povo, unido, jamais será vencido!

Bigben apareceu numa das janelas com o violão. Edgar surgiu em outra com o pandeiro.

Lívia tomou o microfone e puxou a capela da música *Amigos para sempre*.

Então, feito mágica, um coro de centenas de vozes ecoou na praça.

Enquanto isso, a polícia arrastava o Paquiderme. Mas, num rosto moldado para a fúria, os lábios pareciam dizer: "ainda não acabou!"

Léo engasgou com a própria saliva. Por quantos dias ainda manteriam o casario de pé? Os caminhões e o trator poderiam voltar. A saliva passou a ter gosto de remédio. Os inimigos ainda respiravam. Lembrou-se do apartamento, da mudança, da fome. Daria tempo de continuar a luta?

A leoa-mãe surgiu no meio do povaréu com o semblante grave.

O mundo começou a escurecer...

Capítulo 29

– Pai! Pai! Pai! – As palavras saíram trêmulas e alongadas. Lágrimas abundantes concorriam com os pingos gelados de chuva. O corpo balançava... Não aguentaria aquela agonia por muito tempo.

No céu, a procissão revolucionária de nuvens negras se arrastava veloz.

Pendurado na calha quebrada da torre da catedral, testemunhava os estragos da tempestade ruidosa: papéis e folhas arrastadas, árvores dançantes.

A maldita calha estalou de novo. As mãos e a musculatura do braço doíam. Entre os dedos, o suor oleoso continuava cor de sangue.

A chuva engrossou carregada de fúria. As rajadas uivavam nas quinas das telhas. Eis os momentos finais da existência. Passou a respirar mais rápido. Pensou em se soltar e acabar logo com aquele suplício. Daí, descobriu não ser tão corajoso.

Lembrou-se da Lívia, do abrigo e o desejo suicida perdeu força.

Outro estalo. O mais forte de todos. Ruído de lata rasgando...

– Socorro! – Então mergulhou num redemoinho de vento rumo ao piso de pedras da entrada da igreja...

*

Abriu uma fresta nos olhos e enxergou uma luz fraca no fim do túnel. Parecia flutuar na direção da claridade. Havia morrido e estaria a caminho do céu? Talvez fosse a estrada para o inferno... Descia ou subia? Bobagem! Ao morrer, com certeza, os adolescentes iriam todos para o paraíso. Ou nem um, nem outro existia? Queria entender aquela situação estranha.

Vozes familiares ao longe. Não compreendia o que diziam. O volume foi aumentando aos poucos. Cheiro forte de álcool. Algo macio, talvez um pedaço de pano tapava o nariz. Vultos embaçados tomaram forma, lembravam a mãe, Mama Terê, Lívia... Elas teriam morrido também? Ou seriam fantasmas? Anjos? Assombrações? Estaria no umbral?

Apertou as pálpebras e os vultos sumiram. Porém, a sensação de não ter peso, continuava.

Vozes clamavam seu nome.

Abriu os olhos totalmente. Recostava num dos sofás da sala do casario, pois reconheceu o teto de tábuas azuis. Mama Terê, a mãe e a turma o rodeavam. Protegeu o rosto da luz forte e soltou a pergunta confusa:

— Para onde foram as todas as pessoas?

— O povo foi embora. — Ângela sorriu.

— O Sapo sem vergonha foi preso por ameaçar pedestres com o trator — Júlia falou.

— Tudo bem? — Lívia era quem tinha a expressão mais aflita.

— Tô meio tonto. A saliva tem gosto de remédio pra lombriga.

— Ah, bom! Pois achei que tinha empacotado, apitado na curva, cantado para subir... Morrido mesmo! — Táta falou alto.

A turma falou mais ou menos ao mesmo tempo:

— Cale a boca, imbecil!

— Vencemos! — Bia apontou a janela sem a imagem do braço mecânico do trator.

— Mas, ainda não ganhamos a guerra! — Léo grunhiu.

— Como assim? — Lívia esfregou as mãos nas mãos dele.

— Na torre! Na torre! — Sussurrou para a mãe.

— Do que está falando? — Lívia lançou a pergunta.

Ângela explicou sobre os pesadelos repetidos e insistentes dos últimos dias, onde o filho se via pendurado na torre da catedral no meio de uma tempestade. Desconfiou que passasse por algum aperto, pois ele gritava e balbuciava a mesma coisa durante o sono.

Os adolescentes se entreolharam.

Léo falou num tom de voz estranho:

— No pesadelo, eu caí da torre! Eu morri!

Capítulo 30

Começo da noite.

Queria chegar logo à casa para ajudar a mãe com a mudança. O trabalho poderia ser uma boa distração. Além disso, após os últimos acontecimentos, se não aparecesse, a leoa não o deixaria mais voltar ao casario.

Fora isso, continuava impressionado com o pesadelo durante o apagão. Era a primeira vez que caía da torre. E o primeiro desmaio também. O nervosismo ao falar para o público levou a culpa pelo mal-estar. Para ele, a causa foi outra, bem mais simples: fome.

Dona Ângela saiu na frente para marcar a consulta médica. Entretanto, só virou as costas depois que a turma prometeu acompanhar o filho até o conjunto habitacional. Se soubesse da queda no fosso ou da rixa com o Piranha, jamais teria deixado.

Assim, protegido pela escolta, seguia para casa.

O Sapo preso. O Piranha sumido. O Bacalhau e o Sardinha comprados pela comida da Mama. Talvez o seu pesadelo não passasse de um sonho bobo.

— Ei, como funciona essas formações? — Puxou conversa para se distrair.

Lívia explicou que tudo teve início numa brincadeira. Edgar fez os acertos depois de ler o livro dos três mosqueteiros. O lema *Um por todos, todos por um* mexeu com ele. Além disso, o Táta e o Big são loucos por filmes de guerra. Já deve ter ouvido: *Inimigo a cinco horas! Ao meu comando!* e por aí vai...

Havia três modalidades: defesa, a turma fica de costas para uma parede, pronta para reagir; patrulha, caminhavam em fila indiana, Bigben sempre à frente para abrir caminho, o restante divide a tarefa de vigilância; batalha, assumiam o formato de bumerangue, meninos na frente e meninas nas pontas, então, avançavam contra o inimigo.

— Dá certo? — Fez a pergunta, enquanto assistia Valente perseguir um rato enorme.

— Nunca apanhamos! Nunca falhamos!

— Há sempre uma primeira vez!

Nisso, uma voz de adulto ecoou muito próxima. No mesmo instante, alguém se enfiou entre os dois. O sujeito espremeu Léo num abraço ombro a ombro. Na manobra, Lívia foi lançada contra o gramado. Um carro escuro parou rente ao meio fio, a porta traseira se abriu. Antes que pudesse gritar, foi empurrado para dentro do veículo. O algoz entrou em seguida.

Guincho de pneus, solavancos...

★

Léo encarou os ocupantes do veículo. Seu Romário acenou da outra ponta do assento. O tal motorista musculoso sorriu pelo retrovisor do teto.

Aquilo não seria um passeio. O mau pressentimento o fez lembrar da queda da torre no último pesadelo e do mergulho no fosso. Precisava fugir. Num repente de loucura, partiu para o ataque.

Um terceiro bandido, de cabelos grandes, o segurou.

Conseguiu olhar para trás. Da calçada da praça, os meninos, de boca aberta. Valente perseguiu o carro até o largo da catedral. Bia e Júlia socorriam Lívia, ainda caída no gramado.

– Boa tarde! – O Sapo coaxou.

Rosnou de volta:

– O que pretende fazer comigo?

– Calma, amigo! Isso é apenas uma carona.

– Amigos não agarram o outro à força! Fui sequestrado!

– Quanto exagero. Confira você mesmo se não seguimos o caminho de sua casa.

De rabo de olho, espiou o exterior. De fato, passavam por uma das ruas do trajeto diário da escola até o conjunto habitacional. Carona? Que droga seria aquilo?

O motorista estacionou.

O Paquiderme coaxou de novo:

– Agora iremos conversar, rapazinho! De homem pra homem!

Capítulo 31

Veio aquele frio na barriga. Reparou os pinos das portas recolhidos, a abertura do teto solar fechada. Precisava arrumar um jeito de escapar ou...

– Vai ficar quieto ou está gostando do calor humano? – O asqueroso vincou os lábios e sorriu.

Léo nada disse, pois os lábios tremiam demais. Parou de se debater.

Então, os potentes braços do segurança cabeludo se afrouxaram.

– Bom. Tirei o emprego de sua mãe. E mais, ela não conseguirá outro nessa cidade. Pode tirar o cavalo da chuva.

Estremeceu.

– Motivo? Simples! Você deve se mudar. Para bem longe. Para o fim do mundo de preferência.

Veio à lembrança o desespero ao cair da torre da catedral e da sensação horrível de despencar no fosso do elevador. Quanto ao último, não pôde procurar a polícia por falta de testemunhas. Muito menos contar para a mãe. Contudo, diante daquela carona maluca, a casa da avó se transformava numa espécie de paraíso terrestre. Com sorte, passasse uns tempos na casa da Tia Mika, apesar de vegetariana, gostava de *rock*...

Os dois se encararam.

– Que droga de barulho é esse? – O Paquiderme coaxou.

– É o celular do pirralho. – O motorista apontou o volume no bolso do *jeans* da presa.

– Desligue essa droga, pestinha!

Léo sacou o aparelho. Antes de apagar a tela, percebeu a intensa atividade numa determinada rede social. Enfiou-o de novo no bolso e respirou fundo. A turma do casario iria salvá-lo. O coração se encheu de esperança. Talvez já estivessem a caminho, em formação de patrulha. Sentiu um arrepio.

–Vá sem culpa! Não há nada mais a fazer pelo abrigo. Foi até emocionante a multidão na praça. Aliás, que belo discurso. Cantaram aquela música idiota.

Quase chorei. De nada adiantou. O casario é meu. Derrubarei aquela velharia para vingar o Tonico.

Acenou para dois pedestres na calçada, mas, passaram direto. Com certeza, os vidros escuros dificultassem a visibilidade.

— Moleque idiota! — O motorista mofou.

— Essa baboseira de Tiradentes é conto da carochinha. Muito menos a prefeitura tombará a casa como patrimônio histórico. Não deixarei. Se a Tereza não sair, entrarei na justiça. Aliás, podia ter ido ao juiz desde o começo, mas, quis fazê-la sofrer, tal sofri no outro orfanato. Pagar com a mesma moeda. Aquela cretina tirou o Tonico, destruiu a última lembrança da minha mãe e me jogou na privada do sistema. Então, destruirei o que mais gosta: aquela casa velha maldita.

O cabeludo e o motorista se entreolharam.

O intestino borbulhava.

— Não esperava que você fosse se deitar na frente da roda do trator. — Pausa. — A boboca da Lívia me falou sobre o tesouro da velha Gertrudes. Acreditaram naquela velha louca. — Gargalhou.

— Quanto aos papéis do porão? — Indagou sem virar o rosto.

— Nada importante!

— Se não valiam nada, por que os levou?

— Não importa. Viraram cinzas.

Léo encheu o peito de ar.

— A verdade é outra. Também procura o tesouro. Por isso, quer tanto demolir o casario. Não tem nada a ver com vingança, com o boneco Tonico. Quer o ouro!

Sentiu a bochecha queimar após levar um tapa.

Os outros dois homens do carro ficaram em silêncio.

— Deverá ir embora da cidade amanhã! Eis o meu último aviso!

— E se não for? Tentará me matar de novo?

— Matar? Não diga bobagem! Caiu no fosso. As possíveis testemunhas presas na torre da caixa d'água. O Piranha, o Bacalhau e o Sardinha são pivetes. Quem acreditaria na palavra deles? Aliás, o Piranha não gosta nada de você. No seu lugar, tomaria muito cuidado.

Inquietou-se, pois o aparelho seguia a vibrar.

— Raios! Não desligou o telefone coisíssima nenhuma. Pestinha, dê-me isso! — Estendeu a mão — Agora!

Obedeceu a contragosto.

O seboso correu o dedo na tela e parou diante da senha de quatro dígitos.

Capítulo 31

O telefone vibrava a todo instante, por certo, as redes sociais fervilhavam.

– Melhor arrancar a bateria dessa droga, do contrário, localizarão a gente. Há aplicativos para isso! – O motorista soltou o alerta.

– Tem mais. O pirralho pode tá gravando a nossa conversa. – O cabeludo acrescentou.

O Paquiderme agarrou Léo pelo pescoço:

– Qual a senha?

Estremeceu. O algoz babava e tremia as pálpebras, tipo um cão raivoso. A mente encheu de pensamentos ruins. Lembrou-se mais uma vez do fosso e da queda da torre da catedral. Entregava a senha? Assumia a derrota? Imaginou a turma do abrigo em formação de patrulha vindo em seu socorro. Porque viriam com certeza. Agarrou-se àquela esperança. Então, resolveu não falar droga nenhuma.

*

Juntou os lábios com força. Se revelasse a chave, seria a derrota. Novamente as imagens do pesadelo. Precisava aguentar firme e fugir num momento de descuido. Ou mesmo, segurar a tensão até a patrulha chegar. Isso ou... Morrer. Não teria a mesma sorte do fosso do elevador.

– Fale, pestinha! – O cretino apertou os dedos.

– Chefe! Vamos embora. Os moleques do abrigo, por certo, já avisaram a polícia. O tempo é nosso inimigo.

O celular seguia a vibrar.

– Tudo bem! Já dei o meu recado. Vamos! – Afrouxou as mãos.

Léo tossiu, encheu o peito de ar e só depois soltou a pergunta tensa:

– Quanto a mim?

– Chefe, não vai dar! Pessoas bloqueiam a rua. – O motorista virou sem tirar as mãos do volante.

O repugnante se mexeu no banco e espiou ambos os sentidos da via.

– Talvez não tenha nada a ver com a gente. – O cabeludo opinou.

Tentou espiar, mas, foi impedido.

O motorista ligou o motor.

– Pé na tábua! – O chefe falou firme.

– Me deixem descer. Irei para a capital amanhã. Juro! A mudança está pronta. Deixarei o senhor em paz. Pode crer!

Não houve resposta.

– Danou-se! Vem vindo outro grupo atrás. – O motorista apontou o retrovisor.

— Avance, passe por cima, abra passagem na marra!

— Não vai dar. Há engarrafamentos em ambas as direções.

O outro segurança exibiu uma arma prateada.

Engoliu seco. De nada adiantaria a formação de patrulha ou de batalha contra um revólver.

O motorista gritou:

— Há uma brecha ali. Se passarmos por cima da calçada, alcançaremos o estacionamento do supermercado e...

— Pedro, tire a gente daqui, droga! Acelere!

Na confusão, conseguiu ver o entorno. Pessoas bloqueavam mesmo a rua em ambos os sentidos. Pior: adiante, na tal calçada, vinham Mama Terê e a turma em formação de patrulha. Daí, quando o Sapo vingativo os visse, faria questão de atropelá-los. Precisava impedir aquela loucura. Se ficasse quieto, seus amigos morreriam. Encheu os pulmões, esperou o momento certo e puxou o ombro do motorista com força. O volante girou cerca de meia volta para a direita. Barulho de tiro. O interior do carro inundou de fumaça com cheiro de bombinha de festa junina. No mesmo instante, mais um estrondo seguido de barulho de vidros quebrados. Pronto, chocaram-se contra um carro estacionado. Bateu o peito no encosto do banco da frente, depois, as costas contra o corpo do segurança. Apalpou debaixo do braço esquerdo, o local ardia. Só faltava ter quebrado algumas costelas...

★

Ou levei um tiro? Teve medo de conferir o local da ardência. A atmosfera interna continuava a cheirar pólvora.

O Sapão abriu a janela, por certo, em busca de ar respirável.

Léo tentou fugir pela abertura. O cabeludo segurou suas pernas. Mesmo assim, projetou o rosto fora alguns míseros segundos. As pessoas próximas se afastavam do acidente. Adiante, uma pequena multidão. Porém, nem sinal da turma. Luzes intermitentes, azuis e vermelhas brilharam. Polícia?

Foi puxado para dentro e o vidro foi fechado.

Nisso, a mesma porta traseira foi aberta num puxão.

A leoa-mãe surgiu, com o rosto moldado para a ira.

O Sapo Gordo recostou-se no assento e murmurou:

— Posso explicar!

Não teve conversa. A felina lançou o Paquiderme no asfalto. O segurança cabeludo escondeu o revólver entre as pernas. Com certeza, não achou boa a ideia atirar numa mulher desarmada. Em seguida, ela arrastou Léo para fora do veículo e o abraçou em tempo de parti-lo ao meio.

Capítulo 31

Populares se aproximaram, mas, ninguém tentou impedir a fuga dos dois comparsas.

— Você está bem, filho? — Ela o balançou.

— Sim! A senhora tinha razão, devia ter ajudado apenas com ideias. Nunca mais irei desobedecê-la. Juro!

Ela apenas correu as patas pelo corpo do filhote.

— Nenhum arranhão! Graças a Deus!

Daí, o Sapo doentio, mesmo deitado, agarrou-lhe um dos tornozelos.

— Ainda mato esse imbecil. – A leoa rugiu, caminhou na direção do agressor, segurou o ombro do filhote e o manteve de costas. Então, gritou:

— Isso é pelo meu emprego! – Barulho de chute e gemidos.

— Tome outro por agredir meu filho! – Barulho surdo de chute e gemidos.

— Já esse, é para ficar de crédito na casa.

Meneou o pescoço: o inimigo se estrebuchava. As pessoas em volta contorciam as pernas e exibiam expressões de dor que sugeriam o local onde o safado fora atingido três vezes. A mãe mal sabia que o infeliz merecia muitos mais...

Enfim, a polícia chegou.

Ela, então, fechou a cara, o tom foi grave:

— Mudaremos hoje, ou não me chamo Ângela! Isso já foi longe demais!

Capítulo 32

Instantes depois.

Voltou-se para os amigos. Semblantes tristes. Com certeza, ouviram a inflamada decisão materna. Precisava convencê-la do contrário. Não podia partir na correria. Ainda tinha o abrigo e a... Lívia. Droga!

— Relaxa! Acabou o perigo. Vamos continuar morando aqui.

— Não e não! Tá resolvido! Pronto!

Mama Terê se aproximou e nada disse. Nem precisava. A expressão parecia suplicar para ficarem.

Ângela fitou-a com certa intimidade. Com certeza, elas conversaram muito durante o desmaio.

— Ponha-se no meu lugar.

Mama comprimiu os lábios.

Então, a leoa fuzilou a ordem entredentes:

— Despeça-se de seus amigos, filho. E seja rápido!

Engoliu seco. Caminhou até a turma e tentou quebrar o clima de velório:

— Como me descobriram aqui?

Lívia explicou que quando se deu conta que fora jogado dentro do carro do Sapo Gordo, gritou feito uma louca. Edgar ligou para polícia. Mama Terê, para o Teodoro. Táta deu a ideia de pedir ajuda nas redes sociais, afinal, milhares de pessoas participaram do evento do dia 21.

— Aprendi a pensar! — O anjo loiro falou baixo.

— E? — Léo esticou o fonema.

A menina retomou a palavra:

— Loucura total. O meu celular começou a apitar, chegavam mensagens e mais mensagens. Em segundos, a cidade inteira procurava o tal carro preto com argolas entrelaçadas na ponta do capô. Assim, descobrimos este endereço. Mama chamou um táxi. O motorista nem cobrou a corrida ao saber do caso. Ouvira no rádio a questão do abrigo. Ficamos famosos! E a culpa é toda sua!

Capítulo 32

Olhou para a mãe de soslaio.

Ela entendeu a súplica telepática e reforçou a decisão só com o movimento dos lábios:

– Vamos, filho. Será melhor pra você e pra mim.

– Cuidarei da papelada com a polícia! – Mama Terê afagou o ombro dela. O livro escuro, como sempre, seguia debaixo do outro braço.

Léo voltou para a turma:

– Cadê o Bigão? Não terei tempo de pagar o X-tudo com três bifes e o litro de refrigerante de garrafa de vidro. – Veio a vontade de chorar.

– Esqueceu-se do *sundae* duplo, cara. Ele só fala nisso. – Táta emendou.

– Ele teve que ficar! – Bia esclareceu.

– Bom! A bem da verdade. O filhote de elefante não coube no carro! – Táta sorriu traquina.

Júlia fez cara de aflita.

– O bolinha de carne salvou minha vida.

– Mas é a verdade. Ou vinha a gente, ou vinha o Big. – O príncipe loiro inflou as bochechas.

– Vocês são loucos! – Juntou os dedos à frente dos lábios.

– Loucos por você! Não se vá. – Lívia tinha vários riachos de lágrimas no rosto. Daí, ela se aproximou e lhe aplicou um selinho na boca, depois o abraçou com muita força.

De rabo de olho, espiou a reação da mãe. Ela estatelou o semblante e virou para a Mama.

Esta levantou as sobrancelhas e abriu as mãos, tal dissesse: "não sei de nada!"

Edgar e Táta se entreolharam.

Júlia fez cara de quem morria de inveja daquele momento de carinho.

Lívia murmurou algo sobre o sonho ter acabado.

Nisso, o grito rouco:

– Venci! Venci!

Léo procurou quem comemorava. Avistou justo o Sapo Gordo. O cretino gargalhava do banco traseiro da viatura.

– Então, a gente perdeu! – Táta grunhiu a dúvida óbvia

Encararam-se.

– E eu, sim, perdi duas vezes! – Lívia o abraçou com mais força.

Edgar, Táta, Bia e Júlia abraçaram os dois. Os seis formaram uma bola de gente. Mama se aproximou e abraçou o grupo. O amontoado de braços, pernas e rostos molhados de lágrimas cresceu de tamanho.

— O que será da gente? — Bia lançou a pergunta
— Só um milagre pode nos salvar! — Mama fez a declaração numa voz gosmenta.

Léo pensou longe. No fim, depois de tanto esforço, morriam na praia? Seu Romário sairia vencedor? Quanta injustiça. Talvez ainda encontrassem o tesouro da Gertrudes ou pistas sobre o Tiradentes. Droga! Faria o quê para ajudar se aprendeu a duras penas que filhos devem obedecer aos pais? Desvencilhou do abraço coletivo e foi embora de mãos dadas com a mãe. Nunca mais voltaria a ver a turma do abrigo. Pior, nunca mais beijaria a Lívia. Ela poderia ser uma ótima namorada...

Lágrimas pingaram do queixo.

Capítulo 33

Manhã do dia seguinte.

– Mãe, as minhas coisas já estão arrumadas! Estou pronto! – Anunciou após abrir uma greta na porta do quarto dela.

– Relaxa! Mudança de planos. Iremos daqui uns dias.

– Qual foi? – Entrou. Havia diversas caixas de papelão e sacolas esparramadas pelo piso. Uma bagunça nunca vista antes. A leoa de costas, sentada na cama.

– Coisas de adulto! – Ela disse sem virar.

– Como assim?

– Filho, não posso explicar.

– Então relaxar significa que posso passar no casario após a escola?

Ela vincou o rosto e passou sermão sobre estar proibido de sair de casa desacompanhado. Depois, frisou:

– Se desobedecer, cortarei o *vídeo game, a internet* pelo resto da sua vida e tomarei o celular. Tolerância zero! Fui clara ou quer que escreva?

– Mas, eles são meus amigos e...

– Leonardo, presta atenção! Esqueça aquela menina de olhos azuis! Acabou!

Capítulo 34

Tarde do mesmo dia.

Saiu da sala de aula por último. Do lado de fora, nem sinal da mãe ou do carro velho da família. Espiou o celular, nenhuma chamada recebida. Enviou mensagem, apesar de *on-line*, não respondeu. Ligou, retornou o aviso de telefone fora de área. O corpo passou a pinicar. Que estranho!

Esperou, esperou...

Caraca!

Os carros e os ônibus escolares vinham, paravam, enchiam e iam embora. Assim, a praça esvaziava a conta-gotas, tal qual no dia da primeira perseguição da gangue.

Deu vontade de ir ao banheiro. Talvez o medo tivesse enchido a sua bexiga. Alisou as sobrancelhas. Depois, juntou as mãos sobre o nariz.

– Droga! Isso não é bom. – Esfregou um pé no outro.

Porta e janelas do casario fechadas.

O vento sinistramente arrastava as folhas e a claridade do dia se aprontava para dar lugar à noite.

Roeu as unhas. Atravessou a praça.

– Onde a leoa-mãe se enfiou?

Após bater na porta do casario e ninguém atender, resolveu seguir para casa. Talvez, lá, tivesse notícias da matriarca. Continuar ali, sozinho, já lhe provocava calafrios. Lembrou-se do Piranha, do Sapo Gordo, da queda no fosso. Não podia dar mole para o azar.

Ligou para a mãe mais uma vez. De novo, o aviso de telefone fora de área de cobertura. Respirou fundo, agarrou as alças da mochila e acelerou as passadas a caminho de casa. Desceu a rua à esquerda da catedral. Quando passava em frente à antiga funerária, um braço grosso enlaçou seu pescoço. O mau hálito do agressor lhe pareceu familiar, o par de tênis sujo também...

Então, para confirmar a terrível suspeita, a sinistra exclamação quase no ritmo de *funk*:

– Perdeu, *playboy*!

Capítulo 34

★

Então, foi arrastado para dentro da fábrica abandonada de caixões Morada do Céu. A placa carcomida de ferrugem balançava acima do portão de tábuas podres. Tentou pensar num jeito de fugir ou agarrar algo que pudesse bater contra o maldito. Sem sucesso. Também não conseguiu gritar por socorro, pois fora amordaçado.

— Eis a hora de acertar nossas contas: quem apanha, não esquece. — Piranha tornou a espalhar o mau hálito de peixe carnívoro.

Prendeu o fôlego por causa do fedor.

Pararam num ponto do pequeno galpão onde a claridade de fim de tarde entrava por um furo grande no telhado semidestruído.

Precisava arrumar um jeito de escapar.

— Se liga, imbecil! Garota alheia tem gosto de sangue! — A ameaça saiu entredentes.

Travou as arcadas. Iria morrer, claro.

Nisso, alguém gritou da rua:

— Piranha! Piranha!

— Que droga é essa? — O cretino reaproximou do portão de tábuas e espiou mundo exterior por uma greta.

Novo grito, noutro tom de voz:

— Piranha! Piranha!

Léo conseguiu virar o pescoço o suficiente para espiar também. Moleques de bermudões subiam a rua. Seriam os mesmos da guerra na praça que não aconteceu?

O dentuço estapeou a própria testa. Se ele parecia não entender o caso, quem entenderia?

Então, outro grito se fez ouvir:

— Léo! Léo!

A voz parecia ser do Bigben.

Em seguida, a voz doce da Lívia ecoou seu nome também.

Afinal, o que acontecia lá fora?

O Piranha colou o rosto na greta do portão.

Ainda preso numa gravata sufocante, Léo conseguiu espiar também. Sem firmar o foco, podia jurar ter visto a turma inteira em formação de patrulha. Logo, seguiam em rota de colisão contra os moleques. Travariam outra guerra?

Piranha o segurou pelo colarinho. Com o braço livre, armou um murro, o punho lembrava uma marreta.

— Sou bicho-homem! Acabo com você antes que eles nos encontrem.

Engoliu seco e preparou a musculatura do rosto para receber o primeiro golpe.

Latidos.

Valente surgiu do nada, pulou e mordeu o braço livre do agressor bem a tempo de evitar o soco mortal.

O dentuço largou a presa e se engalfinhou numa luta cheia de gritos e rosnados. Por fim, o dentuço acertou um chute. Valente voou, chocou-se contra uma parede de tijolos e silenciou...

Não! Não! Agachado num esconderijo, Léo agarrou os cabelos. Lágrimas abundantes encharcavam a camisa.

*

Sem poder gritar para extravasar a revolta e o ódio, continuou escondido, a observar o inimigo covarde. Muniu-se de um pedaço de madeira, com o qual pretendia golpeá-lo, caso viesse atacá-lo de novo. Não iria se entregar. Nunca!

Contudo, em vez de procurar a presa, o assassino de cachorrinhos conferia os ferimentos no braço. Sangue gotejava. Fez cara feia e murmurou:

— Droga! Vira lata idiota! Como isso arde! — Olhou em volta. Talvez procurasse por ele.

Léo se encolheu mais.

Em seguida, após o pedaço carcomido de uma tampa de caixão que o protegia ser retirado num único golpe, o dentuço exibia um semblante de dor. O ferimento na carne viva.

Respirou fora de ritmo. Fechou os olhos. Pronto, morreria.

Nisso, os nomes dos dois ecoaram do lado de fora.

Barulho de passos na calçada da funerária.

Buzina de carro.

Piranha deu um pulo, meteu o pé no portão e fugiu.

Léo acompanhou a trajetória sem acreditar. Na rua, o moleque se pendurou no para-choque traseiro de um ônibus que descia a rua. Com certeza, pretendia furar o bloqueio dos perseguidores. Entretanto, metros à frente, escorregou e caiu no asfalto. Levantou para ver melhor. Igual ao Valente, não se mexia.

A turma do abrigo invadiu a velha funerária. Atrás deles, a gangue do Teodoro formou uma roda em volta do companheiro tombado. Tiraram os bonés e se inclinaram para frente.

Então recuou, pegou o animalzinho nos braços:

— Acorda! Acorda, Valente! Valente! — Uma cachoeira de lágrimas caía sobre o corpo molenga do mascote do abrigo. — Isso não é justo! Droga!

Lívia se aproximou, chorava aos soluços.

Capítulo 35

Algum tempo depois, no quintal do casario.

– Queria salvar o abrigo. Acho que nunca desejei tanto fazer algo. – Recostou-se no ombro de Lívia. – Não posso ir embora assim. A história de vocês merece um final feliz.

– Não se preocupe! – A menina falou. – Talvez seja verdade e nada dê certo mesmo na vida de órfãos. Na real, nem todas as histórias têm finais felizes.

– Não diga bobagem. Se não apanhei feio, devo isso a vocês. Se não caí no fosso, devo ao Big. Agora, devo a vida ao Valente. – Mirou o túmulo do herói por um instante. Cães e gatos dividiam o mesmo descanso eterno.

Silêncio.

– Uma moeda pelos seus pensamentos. – Lívia sorriu.

– Acredite. Não valem um centavo. Apenas me lembrei da queda no fosso. Essa droga me assombra o tempo todo.

– Vai passar. Tudo passa... E eu passo morrendo de vontade de ficar com você! – Baixou a cabeça.

Ombro a ombro com ela, Léo a abraçou com força. Os olhos marejaram. Sussurrou:

– Eu também!

Ao lado dos dois, cabisbaixos, o restante da turma ocupava a calçadinha perto da entrada do porão. A aparente tristeza coletiva, talvez, fosse por causa do discurso emocionado do irmão loiro durante o enterro do mascote. Ele carregou a voz ao falar sobre a primeira baixa na guerra contra o Sapo Gordo.

Léo enxugou as lágrimas com a manga da camiseta e depois deitou a mochila no piso.

– A sua mãe sumiu mesmo. Já, já será noite! – O príncipe loiro falou.

– Só falta ter sido sequestrada também. – Remexeu o queixo.

– Para! Notícias ruins chegam rápido. Melhor você esperar aqui. – Táta foi simpático.

– E quanto a vocês, onde irão morar? – Jogou a pergunta.

Lívia ia responder, mas, foi interrompida.

— A nossa última esperança é o tombamento. Mesmo assim, o Sapo Gordo vai querer nos tirar daqui, pois a propriedade continuará dele. — Edgar tamborilou os dedos contra os joelhos.

— O povo na praça só serviu para ganhar tempo. A ameaça continua a pairar sobre nossas cabeças... — Bia murmurou.

Pausa.

— Ei! — Léo prendeu o olhar no cemitério. — As estátuas dos gatos são iguaizinhas, mas foram alinhadas sobre as lápides para apontarem a portinhola do porão. Quem fez isso, tinha um propósito.

A turma se entreolhou.

— Quando for mudar de assunto, avise antes. — Júlia atirou uma pedrinha.

Lívia deitou a cabeça no ombro de Léo. Este continuou:

— Isso não pode ser só coincidência...

— Desembucha, Brô? Qual foi a ideia? — Bigben falou alto.

— Sou capaz de apostar que esses gatos finados são a chave do enigma do tesouro da Gertrudes.

— Se existe mesmo um tesouro, a pista foi queimada pelo Paquiderme. Já foi! — Bia entrelaçou os dedos.

— Esqueça! Isso é conto da carochinha daquela velha louca! Aprendam! Nada dá certo na vida de órfãos. — Edgar repetiu o surrado bordão.

— Bom, eu não esconderia coisas de valor dentro de um porão. Muito na cara!

— É, parece lógico... — Táta mexeu os ombros.

Então contou ter ouvido do avô que, no passado, o povo enterrava moedas de ouro e prata em potes de barro para se proteger dos ladrões. Por coincidência, segundo a pesquisa da Lívia na *internet*, na cidade passava um dos caminhos que ligava as minas de ouro e diamantes ao Rio de Janeiro. No arremate, completou noutro tom de voz:

— As janelas da cozinha têm grades da espessura de gargalos de garrafas. Não é curioso?

Os órfãos se encararam por dois ou três segundos. Daí, surgiram os comentários soltos:

— Esse casario esconde algo sim!

— O quintal é enorme!

— Mas, sem um mapa, será impossível encontrar o pote!

— Pessoal! Pessoal! Os gatos são o nosso mapa! — Léo apontou as lápides com os dois braços.

Capítulo 35

Parte da turma se aproximou do cercado do cemitério. Outra, ficou imóvel. Burburinho.

— Para, Brô! Essa ideia de procurar tesouro é a maior viagem! — Edgar mirou o infinito do céu.

— Sem essa, Senhor Pessimista! Faz sentido, sim. Pensem. Essa casa é da época do Posto de Registro da Coroa Portuguesa. Ou se esqueceram do *Livro de Ordenações do Rei de Portugal*? A história da Gertrudes pode ser verdadeira. Imaginem! — Lívia contraiu as linhas do rosto.

Do meio da turma pipocaram frases soltas:

— Um baú cheio de ouro e diamantes?

— Barras e mais barras douradas!

— Com certeza, dá para comprar o casario e ainda sobra um troco!

— Legal! Daí, a gente podia encomendar um belo banquete! Humm! Deu até fome!

— Um baú cheio de dinheiro. Será possível?

— Bom! Eu disse e posso provar!

— O banquete? A comilança tá só na imaginação do Big!

Parte da turma pediu para o príncipe calar a boca.

Léo ficou de pé.

— Não! Não! Posso provar a existência do tesouro!

*

Divertiu-se diante dos semblantes surpresos. Com o entusiasmo deles, seria mais fácil matar a charada da Gertrudes. Eis a última chance de ajudá-los, antes que a mãe tolerância zero aparecesse.

— Essa eu quero ver! — Edgar cruzou os braços.

Léo revelou que antes de o Piranha lhe tomar a caixinha de madeira e entregar para o chefe, conseguiu surrupiar um dos papéis. Por sorte, um bastante revelador. Arrastou o zíper do bolso lateral da mochila e entregou o trunfo para Lívia.

Os adolescentes se amontoaram em volta da irmã loira.

— Não dá pra entender nada! — Bia reclamou.

— Com calma, decifrei parte da escrita e deduzi o restante. É um recibo de ouro em pó!

A turma fez cara de bolinho de chuva.

— Tá! E? — Júlia apertou as bochechas.

— Você tem certeza? — Táta ficou imóvel.

— Claro! Tá escrito aí. Então, basta juntar a história da velha Gertrudes e imaginar...

O turbilhão de comentários:

— Não custa tentar então!

— Por onde a gente começa?

— De novo, não!

— O quintal é grande pra caramba. É como procurar agulha no palheiro!

Lívia pediu calma.

— Por onde a gente começa, Léo? — O rosto de Bia era puro entusiasmo.

— Gente! Acorda! Isso é loucura! — Edgar abriu os braços.

— Deixe de ser pessimista! Se não quer ajudar, não atrapalhe! — Júlia ralhou.

— Com o ouro, a gente resolve boa parte de nossos problemas e realiza alguns sonhos... Ai! Se desse pra comprar um pai e um mãe! — Táta entrelaçou as mãos atrás da nuca.

Um instante de silêncio.

Léo engoliu seco.

— Já está escuro e frio! Vamos logo à caça então! — Júlia esfregou as mãos nos ombros.

Bia correu na direção da porta da cozinha e acendeu as luzes.

Júlia se abraçou. Por certo, sonhava acordada.

Da turma, mais frases desencontradas:

— Poderei comprar um computador novo!

— Só quero um ringue de boxe.

— Compraria roupas novas. Imaginem!

— Gente, aterrissa! Não existe tesouro nenhum! — Edgar bateu palmas.

Táta apareceu com duas enxadas.

Bigben apossou-se de uma.

— Por onde a gente começa, Brô? A minha língua quase se afogou na saliva só de imaginar os banquetes. Não enrole.

Léo apontou com os dois braços:

— Pelo cemitério dos gatos!

— Credo! Vocês pretendem abrir sepulturas? E de noite? Sinistro, hein! — Bia contorceu as linhas do rosto.

— E daí? São apenas gatos defuntos! Quem liga para isso? — Táta falou.

Capítulo 35

As meninas passaram pito:

— Cale essa boca, imbecil sem coração! Acabamos de enterrar o Valente. Tenha respeito pelos mortos!

Léo revelou que não tinha a intenção de cavar sepulturas, apenas descobrir a direção exata para onde os gatos olham.

— Cavaremos dentro do porão? — Bigben coçou a nuca.

Léo caminhou, pulou o cercadinho do cemitério e se agachou atrás de umas das estatuas felinas. Por fim, exclamou:

— Uau! Isso é demais!

— Qual foi? — Júlia riu.

— Teve outra ideia, sim. Conheço esse sorriso. — Lívia se levantou.

— Sou idiota!

— Errado, Leonardo. Idiota aqui, só o Táta! — Big fez graça.

— Repita se for homem! — O menino loiro empenou o rosto.

Foi preciso Edgar entrar no meio dos dois para evitar uma briga.

Léo se posicionou atrás de outra estátua.

— Odeio esse suspense. — Bia cruzou os braços.

— Essa enrolação tem o propósito de atazanar a gente. — Lívia descansou as mãos nos quadris.

— De noite, esse cemitério dá medo! — Júlia acrescentou.

— Meninas! Parem de pensar alto! — Táta falou.

As garotas gesticularam um xingamento.

— Pessoal! Se o meu palpite estiver correto sobre os gatos serem o mapa da mina, eles não apontam para a entrada do porão e sim para a calçadinha, bem em frente à portinhola!

Big fez cara de quem não entendia nada.

Edgar abraçou Rafa.

Táta se abaixou atrás de outra estátua e tentou visualizar o tal ponto. Por fim, disse:

— O carinha tem razão. Esse gato aqui, falecido em julho de 1978, olha para a calçadinha também.

Léo correu para perto da portinhola e bateu o punho em cada uma das placas de pedra que marginavam o alicerce do prédio. Num determinado ponto, gritou:

— Ei! Aqui é oco!

Bigben se aproximou:

— Deixe esse enguiço para o papai aqui, Brô! — Em vez de quebrar, ele usou a enxada como alavanca.

A despeito da euforia dos demais, Ed franzia a testa.

As meninas se alvoroçaram em volta dos meninos operários.

Léo roía as unhas.

Debaixo do tampo de pedra, surgiu o contrapiso de pedregulhos.

Táta cavou com as mãos até esbarrar numa pequena caixa de metal esverdeada, do tamanho de uma embalagem de bombons.

— O que é isso? — Júlia acendeu a lanterna do telefone.

— O troço é feito de cobre. — Bigben falou.

— Parece mais uma caixinha de música — Lívia acrescentou.

— Se tiver cheia de ouro e diamantes, irei pro céu! — Bia contraiu as linhas do rosto.

— 1880? — O príncipe loiro exclamou, após limpar a tampa com a manga da camisa.

— São cem anos depois de o Tiradentes passar por essas bandas. — Léo coçou o nariz.

A turma se acotovelava em volta do buraco.

Táta recolheu a caixinha do meio da areia e quase gritou:

— É leve! — Balançou-a. — Sinto desanimar vocês, mas ela tá cheinha de nada!

A caixa correu de mão em mão.

Os olhares perderam o entusiasmo.

— Ela tá vazia mesmo! — Bia resumiu a decepção.

— Não falei! Nada dá certo na vida de órfãos! — Edgar levantou uma das sobrancelhas — Não se cansam de serem otários?

★

Foi burrice ligar um simples recibo a um tesouro hipotético. Colocou o respeito próprio em jogo. Nesse momento, uma luz se acendeu no cérebro.

— Ei! O mapa do tesouro pode está aí dentro!

A possibilidade não entusiasmou a turma.

— Brô, para! Já deu! — Táta lançou a enxada no meio do terreiro.

Os demais miravam o infinito ou desviavam o olhar.

— Bom. Nunca acreditei nessa coisa de tesouro. Contudo, acho que matei a charada desse troço. — Edgar acariciou a caixinha.

Capítulo 35

Todos viraram para o mais velho.

— Essa porcaria é uma cápsula do tempo!

Léo socou o ar.

— Então, a gente pode voltar no tempo? É isso? — Táta exibiu o semblante de quem não entendia nada.

Dessa vez, ninguém o repreendeu. Por certo, comungavam a mesma ignorância.

Bigben murmurou algo sobre o irmão ser imbecil.

O garoto loiro partiu para cima do grandalhão.

Edgar mais uma vez teve que separar uma possível briga.

Risadas.

Bia voltou ao que interessava:

— 1880! Nada a ver com o Tiradentes, pois ele foi enforcado em 1792! Vale lembrar que morou na região de 1778 a 1780.

— Como se abre essa coisa? — Léo lançou a pergunta após tomar a caixinha do Ed e não conseguir abri-la.

Táta pediu licença e tentou. Também não teve sucesso.

— Deixem essa droga comigo! — Bigben deu vários socos nela, fez cara feia, daí a tampa estalou antes de afrouxar, tal gritasse de dor.

Daí, a turma bateu cabeça para ver o interior.

Edgar posicionou a lanterna do celular.

— Xi! Só mais papéis velhos! — Lívia foi a primeira a pegar um.

— São cartas! — Bia exclamou.

— De novo! — Júlia sapateou.

— Essas são para a Rainha de Portugal e para o contratador do Arraial do Tijuco. — Léo beliscou o canto da testa.

— Cadê a porcaria do mapa do tesouro? — O pequeno príncipe lançou a questão principal.

— Essa papelada serve pra quê, afinal? — Júlia fechou a cara — Acho que o Edgar tem razão desde o começo: nada dá certo na vida da gente. Tô exausta!

O pessimista de plantão suspirou.

Léo pegou a última folha da caixinha, recuou meio passo, aproximou-se de uma luminária presa à parede, leu e começou a rir.

— Achou o mapa? Foi? — Táta deu a volta por trás de Lívia, espiou o papel e fez coro nas gargalhadas.

— Para, gente! Não tem graça — Bigben disse e, em seguida, começou rir.

Edgar desligou a lanterna do celular e fez cara de sério.

— Não deve ter nada aí também! Riem da nossa desgraça!

Em segundos, o riso contagiou um após o outro.

Com cara de poucos amigos, Bia deu bronca a plenos pulmões:

— Vocês estão rindo de quê, seus idiotas?

Não houve resposta.

Contudo, aos poucos, as gaitadas perdiam força.

Lívia balançou Léo:

— Qual foi? Não entendi nada! Ou todo mundo enlouqueceu?

Deu um beijo na bochecha dela e exclamou

— O dono do casario é o...

— Fale logo! — A menina o balançou de novo.

A turma silenciou.

— Esse é o recibo de compra do casario em nome de Joaquim José da Silva Xavier! E suspeito que a cápsula deveria ter sido aberta no ano de 1880. Mas, algo deu errado...

— Tá! Quem é esse sujeito afinal?

— Lívia, acorda! O Quinzinho é o Ti-ra-den-tes!

Capítulo 36

Quinze minutos depois, na calçada, em frente à casa.

— Onde a senhora se enfiou? — Indagou a mãe ao entrar no carro.
— Isso lá é jeito de conversar comigo?
Mordeu os lábios.
— Pelo menos, não se meteu em confusão. — Ela ligou o motor, acendeu os faróis.
— Fora a fome, tô de boa. — Ajeitou a mochila no colo. A cabeça ainda girava a mil por causa do recibo assinado pelo herói nacional.
— Bom! Pois para mim foi uma tragédia. Um infeliz esvaziou os quatro pneus do meu carro. Para completar, acabou a bateria do celular. Fiquei super preocupada com você, sozinho na porta da escola.
Quem poderia ter feito tal molecagem? O Piranha? Mas ele não caiu do para-choque do ônibus? O acidente pareceu grave. Será? Coçou o queixo.
— Pior! Demorei achar um borracheiro. O preço do guincho tocou o céu. Lá se foi todo o dinheiro da bolsa. Perdi tempo, sossego e a paciência. Depois, procurei o senhorito na praça, no conjunto. Nem sinal. A noite chegava... Lembrei-me do casario e da menina de olhos azuis. Cabeça a minha! Pra onde iria senão pra cá?
Léo sorria feito bobo.
— Contei alguma piada? — Ângela o encarou, depois abaixou o rosto e espiou a fachada do prédio pelo canto do para-brisa.
Lívia sorria de uma das janelas.
— Eu, no sufoco e você de namorico. Meninos, homens, todos iguais... — Retorceu o nariz e arrancou com o carro.
Ah! Inocente! Se soubesse da missa, a metade! Enterrou o pescoço entre os ombros. Melhor nem saber. A sorte foi o Bacalhau manter o acordo de contraespionagem e dedurar o ataque do Piranha para o Teodoro. Daí, o mandachuva do Beco do Repolho colocou a gangue inteira para pescar o peixe dentuço antes da mordida fatal e ainda avisou a Mama. O Edgar organizou a patrulha. Por isso, não havia ninguém no casario. Logo, por mais incrível que pareça, se não fosse o ex-adversário e o Valente...
Uau! Agora tinha uma pista do Tiradentes.

Capítulo 37

Fim de tarde do dia seguinte, depois das aulas, no abrigo.

Entrou na sala num pulo. Se todas as ultras ideias para salvar o casario falharam, ainda tinha a última carta para jogar. Se desse certo, missão cumprida.

Encontrou a turma esparramada pelos sofás. Todos com carinhas de velório.

– Cadê a Mama?

As respostas pipocaram:

– Saiu depois do almoço, silenciosa como um gato.

– Nessa moita tem coelho.

– O jantar atrasará de novo.

Murchou os lábios e revelou a intenção de esperar por ela.

Lívia perguntou sobre a proibição materna de sair sozinho.

– Ela sabe o motivo. Aliás, achou a minha ideia o máximo. – Esfregou as mãos.

– Qual foi dessa vez? – Júlia se apoiava nos próprios joelhos.

– Ai, ai, ai! Lá vem! – Bia murmurou.

– Sem drama! Apenas pedi para a Tereza um último favor.

Lívia fuzilou outra pergunta:

– Desembucha! Qual o babado? Tem a ver com o papel de ontem?

Explicou assim: aquele recibo de compra da casa trouxe algumas possibilidades. Para resolver a pista mais quente precisava da ajuda de um adulto. Por isso, ligou para a Mama. Se o palpite se confirmasse, poderia ser a salvação.

– Salvação de quem? – Táta quis saber.

– Do casario, ora.

Choveram perguntas recheadas de curiosidade.

Léo gesticulou que aguardassem.

– Conta! Já começou a enrolar. – Júlia rosnou como um cachorro.

A sala continuava cheia de caixetas e sacolas.

Capítulo 37

— Você não desiste nunca, hein! Pois já aceitei meu destino e arrumei minha mochila. Aquele recibo não prova nada. Vai acabar num museu sobre a Inconfidência Mineira. — Ed cruzou os braços.

— Já arrumei minhas coisas também. — Bia fez bico.

— Cansei de ter esperanças. — Júlia choramingou.

— Meninas! Por favor. — Táta elevou os braços. — Deixem o garoto falar.

— Ele não dirá nada! Conheço essa peste! — Bia retrucou num tom de brincadeira.

Lívia rosnou.

Edgar, mais uma vez, cumpriu a sua sagrada missão de separar brigas; correu e sentou no meio das duas.

Léo sussurrou que o jogo só acaba com o apito do juiz.

— Mas esse jogo já tá comprado pelo Sapo! — Júlia ponderou.

— Vai contar ou não, Brô? Do contrário, vou para a cozinha melhorar minha merenda. Bateu a maior fome.

— Adiantar o assunto pode dá azar. Sou supersticioso.

Big virou as costas e sumiu no corredor.

Bia fez beicinho.

— Deve ser muito importante para sua mãe deixar você vir aqui depois da aula. É impressão minha ou ela não gosta de mim? — Lívia mordeu o dedo.

— Não diga bobagem. Por falar nela, deixou-me na escola e nem se despediu. Muito estranho.

— O que faria sua mãe baixar a guarda desse jeito? — Lívia o olhou de banda.

Léo abriu os braços.

Bigben reapareceu com um copo duplo de leite e um pacote de biscoitos.

— Alguém aceita?

Ninguém respondeu.

O anjo loiro bagunçou a cabeleira encaracolada antes de falar:

— Véio, é o seguinte: Se você não quiser revelar o lance, tá de boa, pra mim. Mas, pelo menos, podia parar de atiçar a curiosidade da gente. Já deu!

Lívia e Bia beliscaram o irmão.

— Sempre digo: nada dá certo na vida de órfãos. Se me ouvissem, não ficariam nessa agonia esperançosa.

Alheio ao mundo complicado, Rafa corria de um lado para o outro.

Nesse ponto, Mama Terê empurrou a porta.

Silêncio na sala.

Por algum mistério profundo, até o Rafa parou de correr.

Léo aguardou ela passear um olhar misterioso em cada um dos presentes antes de disparar a pergunta:

– Deu certo?

*

Caramba! Perdera a sua última cartada? Se resolvesse o problema do casario, colocaria o Sapo Gordo contra a parede, talvez isso acabasse com a paranoia materna de se mudar. Recolheu o pescoço entre os ombros enquanto digeria o suspense.

– Deu certo o quê? – Júlia sussurrou.

– Garoto, ainda não contou para eles? – A mulher franziu o ponto de encontro das sobrancelhas.

Léo insistiu na pergunta.

– Melhor você apresentar a questão, depois darei o resultado.

Explicou que por causa do recibo de compra, de madrugada, lhe surgiu a ideia de consultar no cartório da cidade, onde todas as casas são registradas, para verificar se o José Joaquim da Silva Xavier ainda era o proprietário do casario.

– E daí? – Lívia e Bia falaram ao mesmo tempo.

Mama Terê tomou a palavra:

– O pessoal do cartório de imóveis se sensibilizou com o nosso drama e fizeram a pesquisa na hora. Eis o babado! O terreno comprado pelo Sapo Gordo não é esse. O dele fica à beira do córrego, perto da rodoviária.

Léo vibrou.

Gargalhadas explodiram na turma.

– O quê? Tô bege! – Bia tapou os lábios.

– Tô rosa chicletes! – Júlia riu.

– Então, o retardado quase derrubou a casa errada! – Táta apertou as orelhas.

– Bem feito! Aquele lugar perto do córrego é horroroso. – Lívia fez cara de nojo.

– Nada! Lugar perfeito para um sapo! – Bigben riu com vontade.

– Coitado! O Tonico Palace ficará às moscas. Ninguém se hospedará num lugar sem graça como aquele. – Táta tornou a rir.

Bigben comentou algo sobre os parentes do Paquiderme banqueteando na água suja do córrego.

Risadas.

Léo não riu, pois o semblante da Mama continuava sério.

Capítulo 37

Edgar puxou o assunto que mais interessava:

— O casario é de quem afinal?

— O recibo de duzentos anos atrás diz ser do Tiradentes. Morava aqui e trabalhava no posto de registro da Coroa Portuguesa do outro lado da praça. — Léo tomou a palavra.

— Faz sentido! Ninguém mora onde trabalha. Ainda mais, junto com os cavalos. Naquele dia, a foto no computador da Bia mostrava um estábulo. Alguém reparou esse detalhe? — Júlia falou.

— Quem é o verdadeiro dono desse lugar? — Lívia abriu os braços.

— Eis a grande surpresa! — Mama elevou as sobrancelhas e sorriu.

Léo sentou na ponta do sofá.

— Fale, Mama. A quem pertence a casa? — Bia agarrou os próprios cabelos.

— Não vão acreditar. Eu quase caí de costas!

— Gente, a Mama aprendeu a enrolar também! — Lívia alisou as sobrancelhas.

Parte da turma fechou a cara.

A outra vibrava os punhos, tal a bola estivesse na marca de pênalti.

A mulher então disse num único fôlego:

— O casario não existe nos registros!

*

Léo roeu as unhas com a notícia. O cérebro travou por um instante. Então, a casa não tinha dono. Isso era bom ou ruim? A barriga gelou. Só faltava o seu último palpite piorar ainda mais a situação do abrigo. Por isso, a Mama não demonstrou alegria? Cacilda! Passou a respirar devagar.

O falatório:

— Como assim?

— Tô mais bege ainda!

— Que droga é essa?

— Boiei! O recibo em nome do Tiradentes não vale nada?

— Você sempre não entende nada!

— Ah, é! Se entendeu, explique o caso para gente, sabichão!

O garoto loiro fez cara de bolinho de chuva.

— A trambiqueira da dona Gertrudes emprestou algo que não era dela. — Big tocou os punhos.

— Silêncio! Querem ou não saber o final dessa história maluca? — Mama elevou os braços.

A sala pipocou de carinha de bolinho de chuva.

A mulher apontou em volta:

— Este casario é o tesouro da Gertrudes!

A turma se alvoroçou.

— Continuo sem entender. — Júlia coçou os cabelos.

Bia fez beicinho.

Léo abandonou o sofá e deu vários pulos.

Lívia coçava o meio da cabeleira dourada.

— Crianças, eu falei grego por acaso? Simples, se o casario não tem dono e o abrigo funciona aqui há mais de vinte anos, posso pedir a posse dele na justiça. Sem pagar nada.

— Aí, a casa será nossa pra sempre? — Táta gritou.

— Claro! Se pertencesse à finada Gertrudes, os filhos o teriam herdado. Ela preferiu deixar sem registro, para mudar a sorte do abrigo. — Mama deu um giro de dança, depois fixou o olhar no filho mais velho por um segundo.

— Edgar, Edgar, pelo jeito, terá que engolir o seu pessimismo. Enfim, algo deu certo na vida de alguns órfãos. — Júlia provocou.

— Velhinha danada de esperta! — Táta fez festa.

— Tô boba! O tesouro debaixo de nossos pés o tempo todo. Mas... por que a senhorinha não abriu o jogo antes? Teríamos economizado muita dor de cabeça. — Lívia cruzou os braços.

Festejaram:

— Beleza! Então, a gente não vai mais para o olho da rua.

— Viva à liberdade!

— O casario é nosso!

— Hip, hip. Urra! Hip, hip. Urra!

— Vai ter festa?

— Sim, meu senhor!

— Vai ter comida?

— Sim, meu senhor!

— Vai ter música?

— Sim! Sim!

Batidas na porta.

O silêncio tomou conta da sala.

As batidas retornaram mais fortes.

Bia abriu uma greta na janela e sussurrou.

— Tem um homem barbudo lá fora! Com jeito de advogado.

Capítulo 37

— Só pode ser pau mandado do Sapo. Só que ele sorri demais. Isso não me parece bom. — Bia completou.

— Formação de batalha! — Mama Terê cochichou a ordem e deu um risinho. A turma ergueu os punhos na altura do queixo. Bigben aprontou o golpe da cabeçada mortal.

Mas, a Tereza parecia se divertir. Achou a atitude dela muito esquisita. O que tramava dessa vez?

Ela remexeu o rosto de papelão molhado para acomodar um sorriso enorme. Depois, meneou o queixo.

Táta entendeu o recado gestual, pois destravou a fechadura imediatamente.

Ela fez uma mesura com o braço estendido na direção da rua:

— O céu se abriu para você, Leonardo!

Os olhos se arregalaram ao ver o pai em carne e osso no vão da porta. Correu e pulou dentro de um abraço apertado. Os dois choravam feito crianças. Por que não se comunicara por tanto tempo? Estaria mesmo preso no estrangeiro? Preferiu não perguntar nada.

A leoa-mãe surgiu em seguida, passou pelos dois e soltou dentro da sala um filhotinho de cachorro, marrom, muito parecido com o inesquecível Valente.

Lívia acolheu o bichinho nos braços, cheia de caras e bocas.

Léo se desmanchava em lágrimas...

★

— Mãe! Com a chegada do papai, ainda iremos nos mudar? Diga que não! — Cochichou ao ouvido dela na primeira oportunidade.

— Bom! Se não passar por mais nenhum susto hoje. Quem sabe?

Massageou a nuca. Eis o problema: naquele casario e com aquela turma de órfãos malucos tudo podia acontecer...

Capítulo 38

HISTÓRIAS NÃO ACABAM, FICAM ENCANTADAS...

Léo sugeriu uma festa para comemorar a propriedade do casario e a volta do pai. Queria aproveitar aquele momento duplamente especial para se divertir. Nada de surpresas, de sapos gordos ou de peixes carnívoros. A maior hiper mega ultra aventura de todas acabara bem. Não tinha grandes motivos para se preocupar. O melhor: caso a mãe não passasse nenhum susto, a mudança seria cancelada. Aí, poderia namorar a Lívia...

A comemoração começou na cozinha.

A noite se aproximava.

Cruzou os dedos para que não ocorresse mais sustos. Observou o entorno: Seu Arthur, a mãe e a Mama conversavam perto do fogão; noutro canto, Edgar e Big riam ao lado do pote de azeitonas; Bia e Júlia ajeitavam os cabelos.

Reparou o misterioso livro escuro sobre o armário da cozinha. Conseguiu identificá-lo: tratava-se de um exemplar surrado de *O Hobbit*. A capa tinha a ilustração apagada com montanhas e um sol vermelho ao fundo. Mirou a dona da casa.

— Mama, estou curioso!

— Conta uma novidade. — Ela repuxou a pele de papelão.

— Afinal de contas, qual é desse livro escuro?

— Menino observador. Se um dia a sua mãe não quiser mais você, o adotarei com prazer. Ainda mais que tenho casa garantida.

— Isso nunca irá acontecer! — Ângela falou entre sorrisos, abraçada ao marido.

A velha senhora pegou o referido livro na estante, abriu-o no meio, com as páginas viradas para a plateia. O interior recortado com esmero escondia um gravador.

Léo levou as mãos à testa, depois espiou as reações. Os semblantes da turma oscilaram do susto à alegria.

Sentada ao seu lado, Lívia levantou os braços como se quisesse perguntar algo.

Capítulo 38

Mama fechou o livro num movimento brusco:

— Precisava gravar as ameaças do Sapo Gordo.

Júlia quis saber onde ela conseguiu aquele troço.

Um amigo montara para ela. Eis os motivos dos sumiços e dos jantares atrasados. Foram necessários muitos ajustes para a engenhoca funcionar a contento.

— Mama, uma espiã! Tô bobo. Posso ver? — Táta estendeu o braço.

— Não! Só isso? — Ela riu. — Preciso levar essa geringonça para o delegado.

— A senhora podia ter comprado uma moderna caneta gravadora na *internet* em vez desse trambolho! — Bia exclamou.

— Lá tenho dinheiro para tamanha extravagância! E esse tram-bo-lho não me custou nada. Cative amigos, eles salvam a gente. — Devolveu o livro para estante.

Nisso, Bigben surgiu no corredor com um pedaço de tubo de PVC branco nas mãos:

— Pessoal! Fiz uma cápsula do tempo. Que tal escrever para os futuros moradores sobre a nossa aventura para conquistar a sede própria do Abrigo de Órfãos de Mama Terê? Já enchi meia página de garranchos. — Enquanto falava, distribuiu canetas e folhas de papel.

A turma se alvoroçou.

Léo tentava imaginar algo para registrar para a posteridade, Lívia o cutucou.

— Ei, me conta. Com a chegada do seu pai, ainda vai embora?

— Se a minha mãe não tomar nenhum susto hoje... Fico. — Alternou a atenção entre a menina e os pais, que conversavam com a Mama.

— Ai, ai, ai! Jesus! — A garota franziu a testa. — Ainda tem essa. Mais suspense. Quem sobreviver verá... — Pausa. — E qual foi a dele lá em Portugal, para não se comunicar com a família?

— Edgar tinha razão. Estava preso como imigrante ilegal. Achei-o bem magro. Deve ter sofrido pra caramba. O importante é que voltou. Estou feliz. Mama acertou de novo: quando a gente ajuda o outro, o céu se abre...

— Te falei. O céu sempre se abre para os bons. E você é muito bom! — Pausa. — Deve ser legal ter pai, mãe. — Nova pausa. — Será que ele gostou de mim?

— A leoa-mãe te apontou e deu um sorrisinho recheado de ciúme. Daí, ele me abraçou ombro a ombro e cochichou: *Isso aí, filhão! Ela é uma gatinha, hein! Por certo, gostou sim.*

A garota ficou vermelha.

Léo retirou um embrulho comprido do bolso, colocou no colo dela:

— Comprei pra você.

A garota rasgou o papel sem cerimônia.

– Óculos coloridos! Adorei! Deve ter custado uma fortuna! – Ajeitou os cabelos, acomodou o presente no rosto. Levantou-se e conferiu o visual no reflexo do vidro da janela. Voltou, cheia de sorrisos: – Você é um fofo!

– Pensei que só o Big merecesse o título.

– Bobo. Ei! Como foi a consulta médica sobre o desmaio?

– Foi engraçado. Por fim, depois de não encontrar nada de errado, o médico perguntou se por acaso eu não estaria apaixonado.

Lívia sorriu e meneou o rosto de lado.

Então, os dois riram.

Ela quis saber qual foi a sua resposta.

– Ora! Falei que havia encontrado a menina mais especial do mundo!

– E a Be-re-ni-ce? Ela não era a preferida? A perfeita? A menina de propaganda de creme dental?

– Berenice? De quem você está falando?

Os dois se abraçaram entre sorrisos.

Batidas fortes na porta da frente.

Desfizeram o abraço.

Lívia apalpou o peito e sussurrou:

– Ai! Que susto!

Léo demorou-se a observar a reação da mãe. Se aquilo não era *big* assustador, nada mais seria!

A casa mergulhou num silêncio aterrorizante.

★

Prendeu o fôlego e lembrou-se da condição imposta para cancelar a mudança. Arrepiou-se. A esperança acabava de ir para o brejo.

Rafa correu na direção da sala.

Bigben se levantou, jogou os ombros e gritou:

– O Casario é nosso! Pode bater até morrer, idiota!

– Tome jeito, menino! Respeite as visitas! – Mama apertou a cintura.

Barulho da porta da frente se abrindo. Depois, o estampido se repetiu ao ser fechada. Então, as cordas do violão foram tocadas sem ritmo. Esse último detalhe só podia ser obra do Rafa.

Passos no assoalho da sala.

O suspense na cozinha dava medo.

Capítulo 38

Na ponta dos pés, Bigben se aproximou da entrada corredor.

Daí, Táta surgiu na outra ponta, a esconder algo atrás do corpo. Ainda de longe, anunciou:

— Pessoal! Vejam o que encontrei! — Mostrou a surpresa, enquanto acelerava as passadas.

— Este é o boneco que estou pensando que é? — Lívia gritou.

As meninas se juntaram.

— Meu Deus! É o Tonico sim! — Mama Terê descartou a toalha de cozinha sobre a prateleira e caminhou na direção do filho loiro — Onde desenterrou esse defunto, criatura?

— No sótão!

— Para tudo! Vocês têm um sótão e só fico sabendo agora?

— Sim. É pequenininho, Léo. — Júlia respondeu.

— Puxa! Por que não disseram antes? — Arrastou as mãos pelo rosto — Encontrar o boneco no começo desse drama teria livrado a gente de uma pá de problemas.

— Esqueci. Foi muita pressão. O lugar é apertado, nem merece levar o nome. — Lívia enterrou as mãos nos cabelos.

Big indagou o irmãozinho sobre o motivo de pentelhar naquele cubículo escuro e sujo.

— Ouvi barulhos estranhos e fui conferir.

Léo segurou Tonico. Ele fedia a mofo e poeira. Tinha o rosto redondo, a boca pintada em forma de meio círculo, dois botões de paletó no lugar dos olhos, cabelos de linha de crochê, vestia jardineira azul e uma camisa vermelha de manga comprida. Nem feio, nem bonito. Também não dava pra saber se era ele ou ela. Podia ser simpático, mas, muito, muito esquisito. Chegava a ser sinistro, tipo aqueles de filme de terror.

Lívia segurou-o pelas costas, pressionou o dedo contra a cara dele e ralhou:

— Você causou muita confusão, rapazinho!

Mama Terê foi a próxima da fila. Tratou-o tal um bebezinho.

— Fui estúpida com o Romarinho.

A turma se entreolhou.

— Faremos o quê com essa coisa feia? — Edgar parou de beliscar o pote de azeitonas.

Seu Arthur se aproximou da roda. Fez um cafuné nos cabelos do filho. Então, falou macio:

— Que tal devolver para o dono?

Léo vigiou a reação da turma.

Lívia parou de ninar o Valente II, pelo menos era esse o nome escrito no pingente da coleira. Bia sentou numa cadeira. Júlia esfregou um braço no outro. Bigben fez o inacreditável: travou o movimento do braço na metade do caminho entre os dentes e o pote de azeitonas. Táta fez cara de tonto.

Seu Arthur abraçou os ombros de Léo e de Lívia. Um de cada lado.

A leoa-mãe parecia uma estátua de cera.

Mama, enfim, se pronunciou a respeito do desafio:

— Fez burrada? conserte. Eis a dica de número trinta e nove! Assim, faço questão de devolver o Tonico para o Romário.

Léo bateu palmas e foi seguido por todos.

Ao fim dos aplausos, novas batidas na porta.

Seu Arthur liberou os dois pombinhos do abraço afetuoso.

Outro susto. Caramba! O coração batia apressado.

Lívia agarrou a mão dele.

A mãe virou para o pai de um jeito tenso.

De novo, barulho de passos na sala. Seja lá quem fosse, invadia o casario sem cerimônia. Quem podia ser o atrevido se todos os moradores estavam ali na cozinha. Com exceção do Rafa, que brincava no quintal. O Sapo Gordo? Será que já foi solto?

Os presentes vigiavam o corredor.

Dois sustos. Mirou a mãe e prendeu o fôlego. Eis o fim da esperança.

Enfim, surgiram o Teodoro, o Bacalhau e o Sardinha. Os dois moleques acariciavam a barriga com a cara mais lavada desse mundo.

Léo suspirou.

Risos e assobios.

Bigben falou alto:

— Eis a mágica: nós te damos uma mãozinha e depois filamos comida na sua casa. — Barrou os três no corredor. — Podem dar meia volta. Daqui não passam!

A turma caiu na risada.

Léo olhou para a mãe, que ria feito adolescente.

Deduziu o óbvio: a condição de não tomar sustos era pura brincadeira.

— Caí como um patinho. Tanto sufoco por nada! — Ria ou fechava a cara? Preferiu rir.

Lívia riu junto, com certeza, sem entender nada.

Capítulo 39

Dia seguinte, à tarde, num *chat* da rede social:

Léo, matei aula só para ir com a Mama à delegacia.

E aí, Lívia?

Fui tremendo. O mais estranho: o Sapo Gordo nos recebeu de cara fechada. Parecia um cachorro Bulldog. Mama cumpriu a promessa e devolveu o Tonico. Ele abriu o maior sorriso.
Daí, ela pediu perdão.

O que ele disse?

Nada.
Apenas abraçou o boneco e chorou.

Só isso?

Depois, dançou dentro da cela.
Os dois choravam feito criança.
Aí, ele pediu perdão também.

Caramba!

Tô pasma até agora.
O melhor: o Paquiderme prometeu bancar uma reforma no casario.

Uau! Legal demais!

Noutra parte da conversa, perguntei:
E quanto ao Léo? Por sua causa,
a mãe dele está desempregada.

E?

Prometeu arrumar emprego
para ela e para o seu pai!

Viva! Nem sei como te agradecer.

Você é inteligente...

Pode ser com um beijo?

Quero ver se será só um,
depois da outra surpresa...

Surpresa?

Lembra do preço de minha traição?

Esqueça isso.

Um dia de salão de beleza, roupas
novas, óculos... Para eu me
parecer com a Berenice?

Esqueça! Por favor! De boa!

O Sapo Gordo pagou. Estou num salão
chique, arrumando o cabelo e as unhas.
Farei limpeza de pele, maquiagem.
Em seguida, irei às compras.

Onde será a festa?

Topa ir ao shopping? Sorvete, praça de
alimentação... A turma irá também. Tá
ligado na sua dívida, com o Big, né?
X-tudo triplo, um litro de refrigerante de
garrafa de vidro e um sundae duplo.

Pagarei com prazer.
Afinal, o cara é um herói!

> Hoje, o Big morre. Rsrsrs.

> Será uma farra!

Lembrou-se da camiseta nº 85 do *New England Patriots*, que o pai lhe trouxera de presente. Chegara o momento de estrear...

> Se prepare! Estou louca de saudade.
> Te encherei de beijos no cinema...
> Te amo!

Ao ler a última mensagem na tela do celular, veio à mente a profecia da Mama Terê sobre a tal menina loira de olhos azuis que conquistaria. A danada acertou na mosca. Em seguida, lembrou que a mãe amava a Rita Lee e do tanto que a cantora se parecia com a Tereza. Então, escreveu no *chat* o trecho de uma música dela que combinava perfeitamente com aquele momento especial. Enquanto cantarolava, sonhou que ganhava um beijo molhado dos lábios carnudos da Lívia...

> No escurinho do cinema, chupando drops de anis, longe de qualquer problema, perto de um final feliz...[5]

Fim

---

5 Trecho de "Flagra", música de Rita Lee e Roberto de Carvalho.

O fantástico livro de dicas de Mama Terê

Dicas para viver melhor:

1. É inteligente aprender lições com o erro dos outros.
2. O seu direito termina quando começa o do outro.
3. Quando ajudo o próximo, o céu se abre!
4. Não faça ao outro aquilo que não quer que ele lhe faça.
5. Palavras mágicas: bom dia; boa tarde; por favor; muito obrigado.
6. Não se cale diante da violência e da covardia. Proteste!
7. Sorria. Se sorrir pouco, terá poucos amigos.
8. Não entre na casa de estranhos, nem se for convidado.
9. Nunca aceite carona de estranhos.
10. Não aceite comida ou bebida de estranhos.
11. Perdoe, será melhor para você.
12. Coloque-se no lugar do outro.
13. Só chame pelo apelido se o outro consentir.
14. Nunca desista dos sonhos.
15. Fofoca, uma vez esparramada, não ajunta mais.
16. Respeite os mais velhos.
17. Não seja preguiçoso.
18. Coma devagar e mastigue bem.
19. Lave as mãos antes das refeições e depois de usar o banheiro.
20. Escove os dentes três vezes ao dia.
21. Não maltrate os animais e cuide das plantas.
22. Achou algo, procure o dono.
23. Recebeu troco a mais, devolva.

24. Se não puder falar bem, cale-se.
25. Não brinque com fogo.
26. Economize água e energia elétrica. Salve o planeta.
27. Deixe o banheiro limpo para o outro.
28. Seja amável.
29. Alegre-se. Você só tem o aqui e o agora.
30. Mude! E o mundo mudará aos seus olhos.
31. O verdadeiro "rico" é aquele que menos precisa.
32. Ódio só diminui com amor.
33. Ajudar é prazeroso.
34. Se droga fosse boa, venderia no supermercado.
35. Sempre conte a verdade. Sempre!
36. Eis a mágica: Eu te ajudo, você me ajuda, o mundo muda.
37. Contribua sempre com o melhor de você.
38. Juntos, podemos mais.
39. Fez burrada? Conserte!
40. Nem todo mundo gostará de você. Não faça conta disso.
41. Não deu certo, continue. Uma hora dará.
42. Quedas fazem parte da vida.
43. Calma, o mundo gira!
44. Nada dói para sempre.
45. Ataque as pessoas com sorrisos.
46. O que os outros pensam de você não importa.
47. Dê tempo ao tempo.
48. O responsável pela sua felicidade é você mesmo.
49. Vá! Viva! Veja! Tente!
50. Desistir é para sempre.
51. Conte uma mentira e duvidarão de todas as suas verdades.
52. Você é mais forte do que imagina.
53. O melhor ainda está por vir.
54. Ser humano é ser imperfeito.
55. Cative muitos amigos. Cuide bem deles.

Como fazer uma cápsula do tempo:

Material:

½ metro de tubo PVC (100 mm) para esgoto

2 tampões PVC (100 mm)

Cola para PVC

1 saquinho plástico transparente 5 cm x 10 cm

50 g de sal grosso (para absorver a umidade do interior do tubo)

1 palito de dente

Como fazer:

Cole um dos tampões de PVC numa ponta do tubo. Com o palito de dente, faça vários furos no saquinho plástico, despeje o sal dentro do saquinho e amarre. Deposite-o no fundo do tubo. Depois, coloque as cartas de seus amigos. Cole o outro tampão. Enterre a cápsula num local apropriado. Exemplo: pátio da escola. Instale uma placa para lembrar a data de abertura, que, em geral, acontece depois de 10 ou 20 anos.

No futuro, o reencontro com os velhos amigos será uma festa!

Obs.: Caso sejam poucas cartas, use uma garrafa PET como cápsula.

Demais livros do autor:

www.arnaldodevianna.com.br

www.abajourbooks.com.br